CUANDO EL CAFÉ ESTÉ LISTO

TOSHIKAZU KAWAGUCHI

CUANDO EL CAFÉ ESTÉ LISTO

Traducción de
Guadalupe Herce Gil

PLAZA & JANÉS

Papel certificado por el Forest Stewardship Council®

Título original: やさしさを忘れぬうちに (YASASHISA WO WASURENU UCHI)
Primera edición: enero de 2026

Printed in Spain – Impreso en España

ISBN: 978-84-01-02670-6
Depósito legal: B-19.724-2025

Compuesto en Comptex & Ass., S. L.

Impreso en Gómez Aparicio, S. L.
Casarrubuelos (Madrid)

L026706

Si pudieras volver atrás, ¿a quién visitarías?

Mapa de las relaciones de los personajes

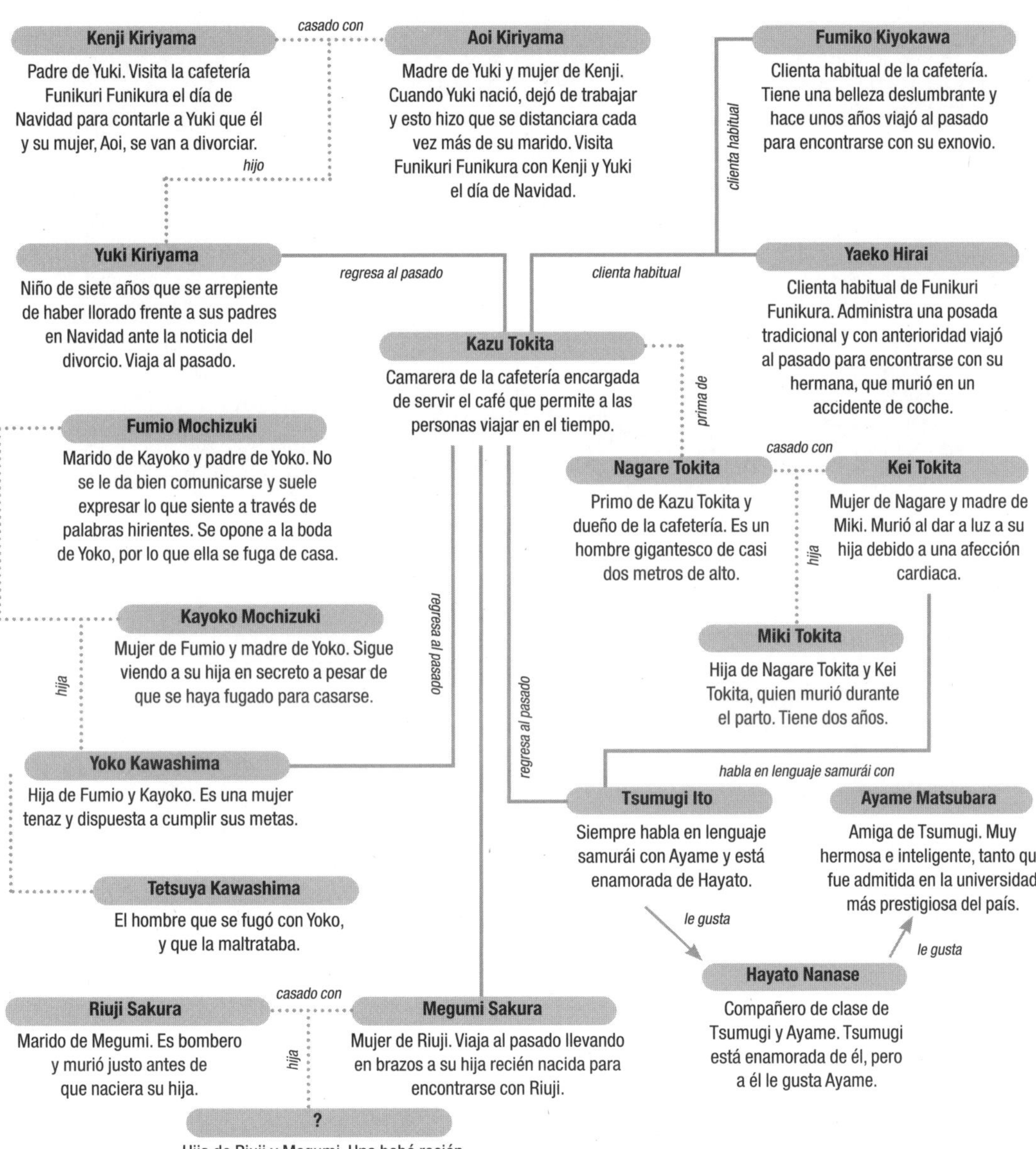

Índice

1

El hijo

La cafetería que podía hacerte retroceder en el tiempo estaba en Jimbocho, un distrito del área de Kanda, en el barrio de Chiyoda, en Tokio. No se encontraba muy lejos de la estación y un cartel exterior anunciaba su presencia en la esquina de una callejuela estrecha y silenciosa.

Se llamaba Funikuri Funikura, por la tradicional canción napolitana que se compuso para conmemorar la inauguración del primer funicular de la región.

Donde un fuego arde en el monte Vesubio
Vamos, subamos a la cima…

Así es en japonés la letra de esta canción, cuya melodía la mayoría de la gente ha oído al menos una vez en la vida. En Japón, los niños la conocen como «Los pantalones del diablillo», una parodia de la canción original. Nadie sabía por qué esta cafetería llevaba ese nombre, ni siquiera su dueño.

El propietario, siempre vestido con el uniforme de cocinero, se llamaba Nagare Tokita. Era un hombre gigantesco de más de dos metros de altura, de ojos estrechos y almendrados, sereno y de mirada intensa. Estaba de pie, impasible, con la firmeza de una poderosa estatua guardiana de un templo. Su mujer, Kei Tokita, había trabajado como camarera en la cafetería. Con su sonrisa incesante, ojos grandes y brillantes, y actitud despreocupada y cándida, era una persona amigable y acogedora. Por desgracia, había muerto hacía dos años a causa de una enfermedad cardiaca, dejando atrás a su hija Miki, que tenía los ojos grandes y brillantes de su madre.

Kazu Tokita, la camarera, era prima de Nagare. Tenía tez clara y ojos finos y almendrados, nariz recta y labios de un tono rosa pálido. Todos habrían coincidido en que era guapa, pero ninguno de sus rasgos destacaba. Si hubiesen cerrado los ojos, les habría costado recordar su aspecto. Habría podido pasar tanto por una muchacha joven como por una mujer madura y serena. Era taciturna por naturaleza y algunos clientes aseguraban que era prácticamente imposible entablar una conversación con ella.

Circulaba el rumor de que parecía «carecer de presencia, como si fuese un fantasma».

Sin embargo, en la actualidad, Kazu era la única que podía servir el café que hacía retroceder en el tiempo.

Nagare compartía el apellido Tokita, pero, al ser hombre, no podía servir el café. Únicamente podían hacerlo las mujeres del linaje Tokita.

A menudo, tan pronto como Kazu les explicaba que podían regresar al pasado si ella les servía una taza de café, los clientes contestaban: «Entonces hágalo, por favor».

Pero, para que eso ocurriera…, para que un cliente pudiera viajar en el tiempo en aquella cafetería, había que cumplir con una serie de reglas extremadamente engorrosas.

Lo primero y principal: hay un límite de tiempo.

Solo se puede permanecer en el pasado desde el momento en que Kazu vierte el café en la taza hasta justo antes de que se enfríe por completo.

Cuando la gente se entera de esto, suele desanimarse: «¿Cómo? ¿Tan poco tiempo?».

¿Qué se puede lograr en el lapso que tarda un café en enfriarse? Tendrías, como mucho, diez minutos. Suficiente, tal vez, para comer una sopa de fideos instantáneos. Puede que te lleve cinco minutos hervir el agua, otros tres minutos de espera cuando echas los fideos y te quedan solo dos minutos para engullirlos. Si sales a cenar, es probable que en diez minutos no llegues siquiera a probar lo que hayas pedido.

Si crees que esta regla disuade a cualquiera de viajar en el tiempo, te equivocas. Hay quien dice: «Ya, bueno..., pero si aun así tengo la oportunidad de volver al pasado...».

Sin embargo, cuando les comentan la siguiente regla casi todos los clientes terminan diciendo: «En ese caso, creo que el viaje no tiene ningún sentido». Y es que esta determina que, sin importar lo que hagas mientras estés en el pasado, el presente no cambiará.

El arrepentimiento tiene dos caras: en una, las acciones realizadas y, en otra, las oportunidades perdidas.

Cuando nos arrepentimos de algo que hicimos en el pasado, este sentimiento nace o bien de nuestra incapacidad de deshacer nuestros actos o bien del terrible desenlace que tuvo una acción, por ejemplo: un comentario hiriente que dañó a otra persona o una declaración de amor no correspondida.

Por otro lado, cuando nos arrepentimos de algo que no hicimos, suele tratarse de palabras no pronunciadas o de un amor no declarado.

La causa más frecuente por la que la gente viaja al pasado es para hacer algo de un modo diferente. Pero, como nada de lo que hagas en el pasado cambiará el presente, es inevitable preguntarse: «Entonces ¿qué sentido tiene regresar en el tiempo?».

Y ojo, porque estas no son las únicas reglas.

Para poder viajar debes tomar asiento en una silla específica de la cafetería. Sin embargo, dicha silla está ocupada por otro cliente en particular y para sentarte en ella deberás esperar a que se levante para ir al baño.

Eso sí, si tienes suerte y logras sentarte en ese asiento tan especial, mientras estés en el pasado no podrás moverte de tu sitio. Además, solo podrás encontrarte con personas que hayan visitado la cafetería con anterioridad.

Ciertos clientes escépticos, al oír tantas reglas engorrosas, exclaman: «Me da que, en realidad, están ocultando la verdad y que es imposible volver atrás en el tiempo». Cuando esto sucede, Kazu, en vez de enzarzarse en una discusión, permanece impasible y responde: «Como desee». Al fin y al cabo, es el cliente quien tiene la última palabra en el asunto, y le resulta demasiado tedioso discutir.

Yuki Kiriyama tenía siete años. Llevaba una mochila escolar de cuero negro brillante en la espalda.

—Disculpe, ¿podría hacerle una pregunta? —Resultaba extraño oír a un niño de esa edad hablar de un modo tan educado y deferente.

La camiseta de manga corta del uniforme del prestigioso colegio de primaria dejaba al descubierto dos pálidos brazos. Su postura firme y erguida era señal de una buena crianza. Junio casi llegaba a su fin y aún era demasiado pronto para oír el canto de las cigarras, pero fuera parecía ser un caluroso día de pleno verano. El sudor que le bajaba al niño por el rostro encarnaba mucho mejor el típico encanto infantil de un estudiante de primaria que su expresión serena.

—Por supuesto, ¿de qué se trata? —respondió Kazu Tokita. Había dejado de lado lo que estaba haciendo para acercarse al muchacho. Ya se dirigiera a niños o adultos, la forma de hablar de Kazu no cambiaba.

—He oído un rumor sobre esta cafetería. Dicen que aquí se puede viajar al pasado. ¿Es cierto? —preguntó Yuki mirando a Kazu sin limpiarse el sudor de la cara.

—Estás en primaria, ¿verdad? —Fumiko Kiyokawa, una clienta habitual de la cafetería que había viajado al pasado tres años atrás, no pudo evitar unirse a la conversación—. ¿Dónde oíste ese rumor? —añadió con un tono muy similar al que un adulto usaría para hablarle a un niño, como diciendo: «No estarás pensando en viajar al pasado, ¿no?».

Era la primera vez que un niño iba a la cafetería para viajar en el tiempo; si esa era en realidad su intención, se convertiría en el viajero más joven. Sin embargo, tendría que beber toda la taza de café que le sirviera Kazu y a Fumiko le parecía que un alumno de primaria era demasiado joven para andar bebiendo café.

—Cuando mis padres aún vivían juntos, mi abuelo me habló de esta cafetería.

—Vaya… —Fumiko miró a Kazu con el semblante ensombrecido. «¿Sus padres se han divorciado?».

Kazu hizo caso omiso a la pregunta implícita de Fumiko y con el rostro completamente imperturbable contestó:

—Sí, puedes viajar al pasado.

Diferencias irreconciliables.

En la actualidad, esta es, de largo, la principal causa de divorcio. Otros motivos incluyen problemas económicos, violencia doméstica e infidelidad. Por lo general, suelen ser diversas las situaciones que conducen a un divorcio. Del mismo modo, las «diferencias irreconciliables» no aluden a una, sino a varias razones de incompatibilidad: este término suele utilizarse para describir un conjunto de comportamientos inaceptables o sentimientos persistentes de descontento que resultan difíciles de superar o de dejar pasar en una relación.

Según las estadísticas, en Japón, una o dos personas de cada mil están divorciadas. Uno de los motivos es que ya no hay tantos obstáculos legales para conseguir el divorcio.

Los valores familiares y colectivos van cambiando. Hoy en día, son cada vez menos las familias que se esfuerzan por conocer a sus vecinos cuando se trasladan a un sitio nuevo. De hecho, en las ciudades es habitual que la gente ni siquiera sepa quiénes viven en su mismo edificio.

Además, debido a la expansión del uso de los teléfonos inteligentes y las cámaras web, podemos hablar con amigos y familiares cara a cara desde cualquier parte del mundo. Como consecuencia, las personas no necesitan relacionarse con sus vecinos o con la gente del barrio, y puede que sea uno de los motivos por los que las familias se cierran cada vez más en su núcleo. Sin embargo, estas familias también se han ido desintegrando poco a poco, hasta el punto de que el foco, en la actualidad, está en el individuo. De hecho, se trata de una tendencia que va en aumento dentro de los hogares, y, así, maridos y mujeres viven más como individuos que como parejas.

Gran parte del estrés que sufre la gente nace de sus relaciones más cercanas, con su madre, padre, hijos, hermanos, amigos, colegas y, claro, con su cónyuge.

Cuando dos personas que han estado llevando sus propias rutinas y estilos de vida se casan y comienzan a convivir, inevitablemente pasan a estar mucho tiempo juntas, a compartir su vida.

Por supuesto, desde el momento en que se eligen como compañeras de vida y se casan, necesitan modificar sus propios estilos de vida y rutinas para adaptarse la una a la otra. Para quienes se aman, esto puede aportar felicidad y frescura a la relación, pero cuando el amor empieza a menguar y el individualismo pasa a ser el centro surgen los problemas; aquello que antes se toleraba por amor pasa a ser intolerable. Y estas crisis no siempre nacen por una razón concreta, como el dinero, la violencia o la infidelidad.

Aquello que antes se le perdonaba a un amigo más adelante pasa a ser inaguantable. Esto puede suceder cuando dos personas que al principio eran amigas se terminan enamorando, cuando empiezan a vivir juntas o se casan.

Las diferencias irreconciliables no pueden reducirse a razones claramente definidas. La cosa no funciona, simplemente, y la situación se vuelve insoportable e incómoda. Sin embargo, esto no implica que las partes involucradas se odien.

«Si no estuviésemos casados, nos entenderíamos mejor».

Para muchos, la idea de dar un paso atrás para poder retomar la antigua relación de amistad es una manera de escapar de la tensión que supone andar permanentemente con pies de plomo.

«Antes de casarnos, nos llevábamos bien. Mejor dejarlo y volver a eso».

Al parecer, para paliar el estrés y seguir estando a gusto con nuestra propia familia, solo hay una solución.

«Hay que empezar de nuevo; tengamos cada uno una segunda oportunidad».

Y se opta por el divorcio.

Pero esto solo es un ejemplo, no todos los divorcios son así.

Sin embargo, había un niño que, atrapado en medio de una crisis de individualismo de sus padres, padecía a causa de ello.

Yuki se arrepentía de haber llorado en aquella cafetería.

Todo comenzó la mañana de Navidad del año anterior, durante el desayuno.

—Yuki, ¿te gustaría ir a Disney? —propuso Kenji, su padre, de pronto.

A Yuki esto le pareció extraño, ya que su padre solía trabajar mucho y casi nunca estaba en casa.

—¿No trabajas hoy?

—¿Acaso no te apetece?

—No, no es eso.

Yuki miró su madre, Aoi, que había tomado asiento frente a él. Siempre que ella le consultaba algo a Kenji, este respondía: «Tengo muchísimo trabajo, así que dejo los asuntos de la casa en tus manos». Por lo tanto, Yuki sintió que debía preguntarle a su madre antes de responder.

—Creo que es una bonita idea. Además, hoy es Navidad —dijo Aoi.

—Exacto —coincidió Kenji.

Era la primera vez en mucho tiempo que Yuki veía a su madre sonreír frente a su padre, así que exclamó:

—¡Sí! ¡Vamos!

Fueron a Disney en coche. Aoi conducía y Yuki iba en el asiento del acompañante. Al principio, todo se dio bien, les llevó poco menos de veinte minutos el trayecto desde su casa en Kanda, en el centro de Tokio, por la carretera 4 de la autopista metropolitana hasta el desvío de Kasai, la salida que pensaban tomar en la carretera Wangan. Aunque, al ser Navidad, había bastante atasco.

—Te dije que era mejor coger el desvío de Urayasu.

—¡Haber conducido tú!

—Pero si tú te ofreciste.

—Porque dijiste que querías aprovechar para trabajar en el coche. Hay que tener cara para ahora ir dando instrucciones desde atrás.

Kenji y Aoi no habían parado de discutir desde que habían salido de casa, pero no era de extrañar. Hacía tiempo que peleaban por cualquier nimiedad, y es que defendían opiniones y valores distintos respecto al trabajo y la crianza.

Cuando Yuki nació, Aoi pensó en llevarlo a una guardería para poder retomar su trabajo en una agencia de publicidad. Pero Kenji insistió en que se dedicara por completo a la maternidad.

«Quiero que te centres en Yuki. Los tres primeros años son muy importantes, moldearán su personalidad», había dicho.

«Ya, tienes razón. Vale, haré el esfuerzo de dejar mi carrera de lado hasta que Yuki cumpla los tres», le había contestado Aoi, que comprendía el punto de vista de Kenji.

Él no respondió, pero le disgustó la respuesta de su mujer: «Haré el esfuerzo». «Lo dice como si le estuviese pidiendo demasiado. ¿Acaso su instinto maternal no debería llevarla a priorizar a su hijo?», había pensado Kenji.

Sin embargo, no había nada de malo en las palabras de Aoi. Simplemente había expresado que para ella esperar tres años para retomar un trabajo que la apasionaba supondría un esfuerzo. Y es que, aunque lo que en realidad pensaba era: «Para mí, criar a Yuki es muchísimo más importante que el trabajo», nunca se lo dijo a Kenji con esas palabras.

A partir de ese momento, ante cualquier cosa, la respuesta de Kenji era: «Dejo los asuntos de la casa en tus manos», una frase que llevaba implícita otra idea: «La maternidad es un trabajo a tiempo completo».

Esto le había sentado mal a Aoi: «¿Por qué siempre insistes en que me dedique por entero a Yuki? Parece que usas el trabajo para eludir tu responsabilidad como padre. Aunque, si digo algo, siempre terminamos discutiendo».

Kenji se sentía decepcionado con Aoi y ella reprimía su resentimiento hacia él. Se lo guardó todo hasta que Yuki cumplió los tres años; sin embargo, se dio cuenta de que estaba tan entregada a la crianza que su deseo de volver a trabajar era cada vez menor.

—¿No ibas a volver a la agencia?

—Bueno, quizá si colaboraras más con la casa y con Yuki.

—No tengo tiempo. Sabes que trabajo muchísimo, incluso los fines de semana.

—Si vuelvo a trabajar, estaré igual que tú. ¿Quién cuidará de Yuki entonces?

—Podemos llevarlo a una guardería —sugirió Kenji.

—Lo dices como si nada.

—¿Qué? Pero si acordamos que esperaríamos a que cumpliera los tres.

—Fuiste tú quien lo decidió.

—Y tú aceptaste, ¿recuerdas?

—¿Cuál es tu plan, entonces? ¿Que trabaje y al mismo tiempo me ocupe de la casa?

—Tú querías volver al trabajo. Sabías que sería así.

—Eso fue hace tres años, no sabía que criar a un niño sería tan difícil. Además…

—¿Qué?

—No imaginé que te desentenderías de este modo —le soltó Aoi.

—No me he desentendido. Todo este tiempo me he estado rompiendo el lomo para mantener a esta familia, ahora te toca a ti aportar algo y darme un respiro.

—¿Insinúas que estos tres años he estado de vacaciones?

—Venga ya, cuidar de un niño es un pelín diferente a tener que salir a trabajar.

—¿Por qué no lo intentas? Ya verás cómo es.

—¿Cómo quieres que lo haga? ¡Tengo que trabajar!

Sus discusiones eran un toma y daca alimentado por emociones muy intensas, y, en consecuencia, lo que realmente querían decir quedaba distorsionado y no lograban comprenderse.

Para cuando Yuki fue lo bastante mayor para entender lo que sucedía a su alrededor, sus padres se peleaban todos los días y él siempre actuaba de mediador. Incluso aquel día de Navidad de camino a Disney.

—Lo siento, mamá. Si pudiese conducir, lo haría yo. —Y lo decía en serio; ojalá hubiese podido conducir él en lugar de su madre. Aoi entendió totalmente los sentimientos de su hijo y Kenji se sintió orgulloso de su inigualable corazón.

—No pasa nada, Yuki. Es culpa nuestra. Hoy es un día especial, así que nos vamos a tratar todos bien, ¿verdad, papá? —Aoi lo miró fijamente por el espejo retrovisor.

—Ah, sí, sí —contestó Kenji cambiando de expresión, como si hubiera recordado algo. Cerró el ordenador y lo guardó en su funda—. Lo siento, Yuki. Ya no trabajaré más por hoy —añadió, inclinando la cabeza en señal de disculpa.

—Vale —respondió Yuki con una gran sonrisa.

Como llegaron tarde a Disney, aparcaron relativamente lejos. Después se dirigieron a la entrada del parque, pasaron por el control de seguridad y se unieron a una larga cola para adquirir las entradas. Hacía dos horas y media que habían salido de casa.

Durante los fines de semana, vacaciones y festivos como Navidad, Disney restringe el acceso de sus visitantes. Incluso cuando finalmente lograron entrar en el parque, tuvieron que esperar varias horas para poder montarse en las atracciones más populares.

Hace un tiempo, corría una leyenda urbana que decía: «Si vas con tu pareja a Disney, te separarás». Puede que fuera un invento sagaz de la competencia, pero si había una pizca de verdad en ello seguramente tenía que ver con las interminables esperas del parque.

Los tiempos de espera eran aún más largos antes de que se implementara el Standby Pass; podías llegar a estar más de hora y media haciendo cola. Si una pareja tenía un pase anual y quería montarse en su atracción favorita o en una en particular, el tiempo de espera no estaba tan mal. En cambio, las parejas que no solían frecuentar Disney y que no contaban con un pase anual tenían que hacer colas más largas, lo que conducía a agotar temas de conversación, a silencios incómodos o incluso a peleas. Así, a medida que los relatos de parejas que se separaban después de ir a Disney se fueron acumulando, nació la leyenda.

Pero había una razón por la que Yuki quería ir a Disney. Se ha asociado a este parque con otras supersticiones de buena fortuna; por ejemplo: «Si vas a Disney, serás feliz», «Si le das la mano a Mickey o a Minnie, hallarás el amor verdadero» y «Si vas a Disney, tendrás un hijo». Claro está que carecen de fundamento, pero, como se trata de la tierra de las ilusiones, es el lugar perfecto para quienes se dejan llevar por esta clase de augurios para encontrar la felicidad. Y hay uno más: «Si pides un deseo bajo el último arco de "It's a Small World", este se hará realidad».

«It's a Small World» es una atracción en la que los visitantes viajan en góndola mientras recorren distintos países del mundo. Yuki quería pedir un deseo debajo de ese arco.

Por suerte, después de la discusión en el coche, Kenji y Aoi se mostraron sonrientes durante las largas esperas. Solo pudieron montarse en una de las atracciones más populares, pero eso a Yuki le bastó: había podido pedir su deseo a bordo de la góndola cuando cruzaron el último arco.

Kenji condujo de regreso a casa mientras Yuki dormía en el asiento trasero con la cabeza sobre el regazo de Aoi. Era la primera vez desde hacía años que pasaban un festivo juntos. Ese mero hecho le había entusiasmado tanto que ahora estaba exhausto.

—Yuki, despierta, hemos llegado —le dijo Aoi.

Terminaron en una cafetería que estaba cerca de casa.

Aparcaron frente a la estación de Jimbocho con la idea de cenar juntos por Navidad, aunque todos los restaurantes estaban repletos o cerrados. Se fueron alejando de la estación y llegaron a una callejuela silenciosa, donde se toparon con el cartel de una cafetería. Kenji entró para ver si tenían sitio y, a pesar de que era Navidad, solo había un cliente dentro. La camarera le dijo que servían únicamente comidas ligeras y tartas. Yuki estaba entusiasmado por que los tres fueran a celebrar la Navidad de una manera tan «navideña».

Cuando Kenji se había asomado a la cafetería, había visto que las mesas eran todas para dos, pero Kazu Tokita, la taciturna camarera, ya tenía preparada una silla para Yuki.

—Hola, bienvenidos. ¿Qué les pongo para beber?

—Tengo que conducir, así que una cerveza sin alcohol para mí, una copa de champán para mi mujer y un zumo de naranja para mi hijo, por favor.

—¡Marchando! —anunció Nagare Tokita con su uniforme de cocinero. Tenía en brazos a una niña de unos dos años de ojos grandes y redondos. Se llamaba Miki. Nagare era tan gigantesco que Miki parecía una ardillita acurrucada en su pecho.

En la cafetería, había un árbol de Navidad decorado, pero no sonaba ninguna canción navideña de fondo. Lo único que se oía era el murmullo suave y mágico de Miki desde la cocina cantando: «Navidad, Navidad, dulce Navidad...».

A la mayoría de los clientes les habría resultado extraño y un tanto decepcionante pasar la víspera de Navidad sin un poco de música, pero esto no pareció molestarles a Kenji y Aoi. Los tres se encontraban disfrutando de los recuerdos del día que habían pasado en Disney mientras comían lo que Kazu les había servido con su silencio característico.

A pesar de la fecha, no llegaron más clientes. Solo había una mujer con un veraniego vestido blanco de manga corta, muy inusual para la estación, sentada en el rincón más alejado de la cafetería.

Era un momento realmente íntimo entre padres e hijo. Para Yuki debería haber sido un instante increíblemente dichoso que llevaba años sin experimentar, pero la triste realidad estaba por llegar.

Cuando el niño probó el primer bocado de la tarta navideña, Kenji le dijo:

—Yuki.

—¿Sí?

En Navidad, todos esperan los regalos, pero Yuki ni siquiera estaba pensando en eso. El mejor regalo había sido pasar el día en Disney con su familia y después disfrutar de una comida deliciosa y de una tarta navideña. Ni siquiera en el último arco de «It's a Small World» pensó en pedir los típicos juguetes que pediría un chico de primaria.

Para él, aquel era el momento más feliz de su vida.

Dong…

Se oyó la campanada de uno de los grandes relojes de la cafetería; eran las siete y media de la tarde. Aoi se acercó a su hijo y le posó una mano en la coronilla.

—Yuki, hay un asunto importante del que nos gustaría hablar contigo. Tu padre y yo hemos decidido que ya no viviremos más juntos.

—¿Qué?

—Esta será la última noche que pasaremos los tres en familia —dijo Kenji.

Ante tan inesperada confesión, la mente de Yuki se quedó totalmente en blanco.

La última Navidad.

Lo único que recordaba era que su llanto había disgustado a Kenji y angustiado a Aoi, y que Miki estaba cantando el estribillo completo de

«Navidad, Navidad» desde la cocina. No recordaba el viaje de regreso a casa.

Sin embargo, jamás olvidaría el momento en que despertó a la mañana siguiente. Había dos cajas de regalos junto a su almohada. Yuki lloró en silencio.

—¿Sabes? —le dijo Fumiko cuando Yuki terminó de contar su historia con lágrimas en los ojos—. Entiendo cómo te sientes. De verdad. Pero..., a ver... Aunque viajes al pasado, conoces las reglas, ¿verdad?

Fumiko se volvió hacia Kazu, que estaba atenta a la conversación, en busca de apoyo. Fumiko tenía la sensación de que Yuki quería regresar al pasado para evitar que sus padres se divorciaran. Y conocía la cruel regla que regía en la cafetería y que haría trizas el deseo inocente de aquel muchacho.

«¿Llorará cuando se entere?».

Mientras Fumiko seguía titubeando, Kazu se colocó delante de Yuki y sin cambiar de expresión le dijo:

—Si viajas al pasado, no podrás evitar que tus padres se separen, sin importar lo que hagas.

«¡¿Qué?! ¡Solo tiene siete años! ¡Podrías habérselo suavizado un poco!».

Sin embargo, la explicación de Kazu no alteró a Yuki. Por el contrario, cuando contestó, lo hizo con una determinación en la mirada que no era propia de un niño de su edad.

—Vale, no pasa nada.

—¿Cómo? Entonces ¿para qué quieres viajar al pasado? —le preguntó Fumiko escudriñando el rostro de Yuki.

—No debería haber llorado aquel día.

—¿A qué te refieres?

La historia de Yuki no terminaba ahí.

Después de la visita familiar a Disney, Yuki vivió un tiempo con su madre. A comienzos del año nuevo, el divorcio ya era un hecho, y el niño creyó que seguiría viviendo con Aoi.

Un día, ella le dijo que quería presentarle a alguien y salieron a cenar a un restaurante de la ciudad. Cuando llegaron, los recibió un hombre que parecía mayor que Kenji. Era de gesto amable y constitución media.

—Buenas tardes, Yuki. Encantado de conocerte, mi nombre es Makoto Nishigaki —se presentó el hombre inclinando la cabeza con cortesía tras quitarse el abrigo. Estaba de pie junto a Aoi.

—Buenas tardes, yo soy Yuki Kiriyama. Encantado de conocerlo —contestó Yuki en un saludo igual de cortés, y Nishigaki asintió en señal de aprobación.

—Tienes muy buenos modales. Impresionante. Vas a llegar muy lejos en la vida.

—Gracias —respondió Yuki. A continuación un camarero los condujo a su mesa.

La cena transcurrió sin problemas. A Yuki le brillaron los ojos al oír que Nishigaki, de pesca por las islas de Okinawa y Miyako, había atrapado a un jurel cabezón que pesaba más de treinta kilos.

—La próxima vez, vendrás conmigo.

—¿En serio?

—Claro que sí, te lo prometo.

—¡Bien! —exclamó Yuki al instante.

—¿Sabes, Yuki? —intervino Aoi, que hasta el momento había estado escuchándolos en silencio—. Mamá está saliendo con el señor Nishigaki.

Ante el anuncio, Nishigaki se enderezó y Yuki, sin comprender del todo lo que le había dicho su madre, se quedó observándolos, pasando la mirada de uno a otro.

—Entonces... —Lo primero que se le vino a la mente fue la imagen de su padre. Pensó en Kenji de pie junto a Aoi, y vio que ahora su lugar lo ocupaba Nishigaki. Llegó a una conclusión y la expresó en voz alta—. ¿Vais a casaros?

—Bueno... Vamos a vivir juntos.

—¿Y qué pasará con papá? —En la mente de Yuki, él, Aoi y Nishigaki entraban en la misma casa y Kenji se quedaba solo fuera.

—En cuanto a eso... —Aoi le contó a Yuki lo que sucedería. Kenji y Aoi no se habían separado únicamente por ser incompatibles, sino porque ambos habían conocido a otra persona. Después de pensarlo mucho, habían decidido seguir cada uno su camino. Sin embargo, los dos querían vivir con Yuki, por lo que le propusieron que pasara un mes con cada uno para luego poder decidir con quién se quedaría.

—Vale, entiendo —dijo Yuki, y aceptó vivir un mes con Aoi y Nishigaki.

Al día siguiente dispusieron que Yuki conocería a la pareja de Kenji. Ese domingo su padre lo recogió en su coche nuevo y se dirigieron a una pequeña pastelería, donde había todo tipo de coloridas tartas expuestas en el escaparate. Kenji le presentó a la pastelera y le explicó que era su novia.

Se llamaba Kaede Kimura. Le llegaría a Aoi al hombro y, aunque tenía la misma edad que Kenji, irradiaba la frescura propia de una adolescente. Al ver a Yuki y Kaede juntos, Kenji se echó a reír, y comentó que si caminaran juntos podrían pasar por hermanos.

—¿Por qué dices que no deberías haber llorado? Tus padres priorizaron sus propios intereses sobre tus sentimientos. Es normal que lloraras, no hiciste nada malo. ¿Por qué te arrepientes de eso? —dijo Fumiko enfadada. Tenía los ojos enrojecidos y húmedos después de haber oído la historia de Yuki.

—Gracias, señorita —contestó Yuki, dedicando una sonrisa a la afligida Fumiko—. Pero, en Disney, deseé que mis padres fueran felices.

—¿Cómo?

—Al vivir con el señor Nishigaki y luego con Kaede, me di cuenta de algo.

—¿De qué? —preguntó intrigada Fumiko, frunciendo el ceño.

—Cuando mi madre estaba con el señor Nishigaki, siempre sonreía. Lo mismo ocurría con mi padre: cuando cenaba con Kaede, siempre estaba de buen humor y halagaba su comida. Entonces comprendí que mi deseo se había hecho realidad. Así que quiero cambiar lo que pasó ese día. Mis padres terminaron siendo felices. En lugar de llorar, quiero regalarles una sonrisa.

—Aun así... —Fumiko seguía con el ceño fruncido, incapaz de aceptar el razonamiento de Yuki. Pero no podía verbalizar sus objeciones, no tenía derecho a cuestionar la decisión del niño.

—Así que, por favor, quiero viajar al pasado, a la última Navidad, al día que terminé llorando —le pidió Yuki a Kazu, inclinando la cabeza.

—Muy bien.

—Kazu, ¿vas en serio? —exclamó Fumiko, dirigiéndole una mirada desconfiada—. Sé que no debo entrometerme, pero no puedo quedarme de brazos cruzados. ¿Por qué un crío tan pequeño tiene que pasar por todo esto solo para que sus padres se sientan mejor? ¡Es que no entiendo cómo un viaje al pasado podría contribuir a su felicidad! Si sus padres estuvieran aquí para oírle, tal vez incluso... —Fumiko miró a Yuki a los ojos y se guardó las palabras «podrían reconsiderar el divorcio» para sí misma.

«Estoy diciendo lo que me parece bien a mí, pero no es lo que quiere el niño».

En lugar de desear algo para él, Yuki quería que sus padres fueran felices. La pureza en su mirada hizo que Fumiko entendiera que era ella quien estaba equivocada.

En esta vida, hay muchísimas ocasiones en las que la lógica no conduce siempre a la respuesta correcta. Fumiko se mordió el labio, dio unos pasos hacia atrás y se apoyó ligeramente sobre un taburete de la barra.

Plaf.

En la silenciosa cafetería retumbó el sonido de un libro que se cerraba. Provenía de la mujer vestida de blanco que estaba sentada en la silla que permitía viajar hacia atrás en el tiempo.

—¡Ah! —exclamó Fumiko.

«Todo está listo para que viaje al pasado. No puedo detenerle, no me corresponde decidir».

Fumiko siguió con la mirada a la mujer del vestido blanco mientras pasaba junto a ella.

—Ven, ya puedes sentarte —le dijo Kazu a Yuki guiándolo hacia el asiento que lo llevaría de regreso al pasado. Una vez allí, el chico le dirigió una cálida sonrisa a Fumiko, quien sintió una oleada de emociones en su interior.

«No es asunto mío, desde luego, pero ¿conocerán los padres este lado de su hijo? ¡Desearía poder mostrárselo!».

Fumiko entrecruzó las manos contra el pecho, esperanzada. Poco después Kazu regresó de la cocina con una jarrita de plata y una taza de un blanco inmaculado sobre una bandeja.

—¿Conoces las reglas?

—Creo que sí, pero ¿podría explicármelas por si acaso?

Fumiko asintió con fuerza. Seguro que las conocía, pero mejor prevenir que curar.

Kazu le explicó las reglas una a una, algo que había hecho docenas, si no cientos de veces antes. A cada explicación Yuki respondió con un «vale, entiendo», pero, cuando llegó el momento de la regla que determinaba que debía beberse todo el café antes de que se enfriara, su réplica se volvió más seria.

—Beber el café antes de que se enfríe... Beber el café antes de que se enfríe... Antes de que se enfríe.

—¿Listo?

—Sí.

Todo estaba preparado, solo faltaba que Kazu vertiera el café en la taza y Yuki podría regresar al pasado.

—Muy bien —dijo Kazu y cogió la jarrita de plata.

—¡Espera! —aulló Fumiko de pronto. A pesar del grito, Kazu permaneció impasible, con la mano sobre la jarrita. Se volvió hacia Fumiko y esperó a que prosiguiera—. Kazu, ¿no deberías poner ese chismito en la taza? Ya sabes..., la alarma. —Fumiko, juntó los dedos índice y pulgar para indicar el pequeño tamaño del objeto.

En la cafetería había un aparato que hacía sonar una alarma para avisar a la persona que había viajado al pasado de que el café estaba a punto de enfriarse por completo. Lo que Fumiko estaba sugiriendo era que no estaría de más colocarlo en la taza de aquel niño de tan solo siete años. Sin embargo, Kazu respondió:

—Seguro que no hará falta. —Y dicho esto se volvió a Yuki.

—Pero...

—Antes de que se enfríe el café —susurró Kazu al instante para impedir que Fumiko los interrumpiera de nuevo. Levantó la jarrita de plata y la inclinó sobre la taza que Yuki tenía delante.

Una única voluta de vapor emergió de la taza llena de café mientras el cuerpo de Yuki se fundía con él y adoptaba una forma etérea.

«¿Por qué?».

Con una sensación de inquietud aún pesándole en el corazón, Fumiko observó cómo Yuki se convertía en vapor, hasta que el techo lo engulló.

Me encantaba ver a mis padres sonreír. Sonreían especialmente cuando estaban juntos. Y, cuando ambos sonreían, yo también lo hacía.

Ellos no me creen, pero recuerdo el momento en que vi sus rostros el día en que nací. Mi padre me observaba con vacilación y se inclinaba para poder contemplarme mejor. Mi madre me besaba en la mejilla y frotaba su frente contra la mía. También recuerdo que ella olía muy bien.

La primera palabra que pronuncié fue «mamá» y surgió espontánea un día que intentaba decirle a mi madre que tenía hambre. Pero, enseguida me di cuenta de que, cada vez que la pronunciaba, mamá resplandecía, así que seguí haciéndolo solo para ver la alegría en su rostro.

Sin embargo, aquella palabra no tenía el mismo efecto en mi padre. Por algún motivo, respondía con una mirada triste y decía: «Papá, papá». Más adelante, cuando entendí lo que «mamá» y «papá» significaban, me sentí fatal al pensar que tal vez había herido sus sentimientos. Lo siento, papá.

Tengo muchísimos recuerdos felices con mis padres. Festejaron el día en que me salió el primer diente y se abrazaron y alegraron mucho cuando di mis primeros pasos. Si ellos sonreían, yo me sentía feliz.

Además, no sé si mi padre sabe esto, pero mi madre lo daba todo cada vez que cocinaba para hacerle feliz. Cuando él probaba sus platos y decía que eran «sabrosos» a mi madre se le dibujaba una sonrisa hermosa. El «sabroso» de mi padre la llenaba de felicidad. Estoy seguro.

Pero también hay cosas que mi madre no sabe. Cuando mi padre regresaba tarde de trabajar y ella estaba dormida, siempre le daba un beso en la frente. Luego me pillaba observándolo y me decía: «¡Es nuestro secreto!». Él quería mucho a mamá.

En un programa de televisión me enteré de que, si pides un deseo en el último arco de «It's a Small World», este se hará realidad. Entonces decidí que, si alguna vez iba a Disney, desearía que mis padres fuesen felices.

Sin embargo, con el tiempo, mi padre tuvo cada vez más trabajo y mi madre no pudo regresar al suyo por mi culpa; entonces comenzaron las peleas. Le repetí mil veces que ya era lo bastante mayor como para quedarme solo en casa, pero ella únicamente me respondía con una mirada triste.

Como creí que todo sucedía a causa de mi corta edad, decidí que debía hacerme mayor. Hice todo cuanto pude para ser alguien independiente y autosuficiente. Quería crecer y ser mayor lo más rápido posible para poder ayudar a mi padre con su trabajo y para que mi madre ya no tuviese que preocuparse por mí. De ese modo, volverían a sonreír como antes.

O eso creí.

Pero no fue así. Aquel no era el único sitio donde podían ser felices, había otros donde podían volver a sonreír.

Me alegro mucho por ellos. De verdad.

—¿Cómo has llegado ahí?

Al oír el tono desconcertado de su padre, Yuki abrió los ojos.

—Ah, hum…

Aquel día de Navidad se habían sentado los tres en una mesa para dos en el centro de la cafetería. Recordaba que la camarera había añadido una silla.

Sentada frente a Kenji estaba Aoi, a quienes hijo y marido miraban fijamente. Ella observaba a Yuki, confusa.

—Bueno, no importa, estamos a punto de comer la tarta, vuelve aquí.

Kenji no siguió indagando sobre el cambio repentino de asiento de su hijo, que parecía haberse teletransportado. Era imposible. Sin embargo, aquella falta de reacción por parte de Kenji se debía al misterioso poder de la cafetería. En este aspecto regía la misma fuerza que garantizaba que, independientemente de lo que sucediera en el pasado, el presente no cambiaría.

Gracias a esto, los clientes habituales de la cafetería no sospechaban ante cualquiera que aparecía de la nada en aquella silla, y lo aceptaban con un: «¿Qué? Vale, no pasa nada». El motivo era sencillo: si todo el mundo se alarmara ante semejante circunstancia, el café se enfriaría sin que diera tiempo a nada.

A Yuki le alivió que Kenji no siguiera indagando, pero no podía regresar a la mesa de sus padres, ya que la regla le impedía moverse de su sitio. De lo contrario, se vería arrastrado al presente. No quería que eso sucediera, pero tampoco sabía qué hacer. Justo en ese momento, Nagare Tokita salió de la cocina y dijo:

—Creo que están un poco apiñados en esa mesa, ¿qué les parece si sirvo la tarta en esta?

Kenji y Aoi se miraron entre ellos y luego a la mesa. Como habían comido los tres en una mesa para dos, era cierto que ya no había espacio para la tarta. Podían esperar a que la limpiaran, pero la sugerencia del cocinero les pareció mejor, sería más rápido. Por lo tanto, se cambiaron de sitio.

—Gracias —le dijo Yuki a Nagare.

—De nada —respondió este. La expresión de su rostro daba a entender que había comprendido la situación y que simplemente había hecho lo que correspondía.

La mesa en la que estaba Yuki también era para dos, así que Kenji arrimó otra silla. Aoi se sentó frente a Yuki y Kenji quedó entre ambos. En ese momento, Aoi se percató de la taza de café que su hijo tenía delante.

—Perdone, ¿podría llevársela? —dijo extendiendo la mano hacia la taza.

—No, no pasa nada. Es mía —replicó rápidamente Yuki aferrándose al café. Kenji y Aoi se miraron un momento.

—Pero no puedes beber café, ¿o sí?

—Exacto, ¿qué pasa contigo?

—Hoy es el día en que me convierto en adulto, así que estoy bebiendo café —se inventó rápidamente Yuki para apaciguar las sospechas de sus padres.

Al oír aquellas palabras, ambos desviaron la mirada con incomodidad.

—Pero no te obligues a beberlo. Si no te gusta, mamá lo beberá por ti —le dijo Aoi preocupada.

—Si quieres, puedes agregarle esto —le indicó Kazu Tokita, y colocó una jarrita de leche al lado de la taza de Yuki. Por lo general, con leche y azúcar el café se bebe mejor. Sin embargo, no se trataba de un café común y corriente. Yuki contempló la jarrita. Le preocupaba que el café se enfriase en cuanto le echara leche.

—No te preocupes, puedes echarle todo lo que quieras, eso no cambiará la temperatura —se apresuró a aclarar Kazu.

Kenji y Aoi ladearon la cabeza, confundidos. Yuki fue el único que comprendió las palabras de la camarera.

—Gracias —le dijo, inclinando educadamente la cabeza.

Nada, no solo la leche, podía alterar el café. Aunque se intentara calentar la taza, no surtiría efecto alguno. Así como existía la regla por la cual el presente no cambiaría sin importar lo que hicieras en el pasado, tampoco se podía modificar la temperatura del café, por mucho que lo intentaras. En esto también obraba el misterioso poder de la cafetería.

—Perdonen la espera.

Mientras Yuki vertía la leche en el café y le echaba un poco de azúcar, Nagare emergió de la cocina con una tarta navideña. Sobre la tarta había escrito «Feliz Navidad» con chocolate blanco.

Esa misma víspera de Navidad, un año atrás, en el momento en que Yuki se estaba llevando una buena ración de tarta a la boca, había sonado la campanada de uno de los relojes de pared. Y fue entonces cuando Aoi, acariciándole la coronilla, había comenzado a decir: «Yuki, hay un asunto importante del que nos gustaría hablar contigo».

Aún podía sentir la calidez de su mano. Mientras recordaba cómo se había echado a llorar aquella Navidad, pensó: «Aunque mis padres vayan a divorciarse, serán felices con Kaede y el señor Nishigaki. Así que tengo que sonreír, decirles "lo entiendo" y beber todo el café».

Aoi le había servido una porción de tarta. Ya todo estaba listo, solo faltaba que diera el primer mordisco.

Sin embargo, por más tiempo que pasara, Yuki no se veía capaz de alzar el tenedor.

—¿Eh?

—¿Qué sucede? —quiso saber Aoi contemplando el rostro de su hijo. La mano de Yuki estaba paralizada, suspendida con el tenedor en el aire, mientras la campanada del reloj resonaba en la cafetería.

Dong…

—Yuki, hijo, ¿por qué lloras? —dijo Kenji escudriñando el rostro del niño.

—¿Qué? —Yuki soltó el tenedor y se llevó las manos a la cara—. No puede ser. —Tenía las mejillas húmedas por las lágrimas—. No estoy llorando. No estoy llorando.

Yuki intentó desesperadamente secarse las lágrimas, pero estas seguían brotando sin parar. Aoi también comenzó a llorar, y, limpiándole las lágrimas con la mano, le preguntó:

—¿Qué te ha puesto tan triste?

Kenji tenía la mirada fija en la tarta y su rostro dejaba traslucir un conflicto interno.

El llanto de Yuki resonó en toda la cafetería; lloraba más fuerte de lo que había llorado un año atrás.

La voz de Miki cantando «Navidad, Navidad» llegaba desde la cocina.

Mientras repetía: «Lo siento, lo siento», Yuki se terminó el café.

—Apártate, por favor.

Al oír la voz de la mujer del vestido blanco, Yuki se dio cuenta de que había regresado al presente.

—Volví a llorar —explicó entre sollozos tras cederle rápidamente a la mujer el asiento.

Fumiko lo abrazó con suavidad.

—No te preocupes, nadie dijo que no podías. No es nada fácil ver que tus padres se separan. Llorar no tiene nada de malo —lo tranquilizó.

El llanto de Yuki se intensificó aún más.

Nadie sabía si los Kenji y Aoi del pasado le habían terminado contando a su afligido hijo que iban a divorciarse. Tal vez, al verlo así, no se lo mencionaron aquel día. Pero el presente no cambia y en algún momento ellos le comunicaron que habían tomado la decisión de separarse. La regla de la cafetería prevalecía.

Más tarde, después de derramar la última lágrima, Yuki se quedó dormido.

—Este chico sí que se preocupa por sus padres —comentó Kozo Morita, padre de Aoi, que había ido a buscar a Yuki. Morita vivía en un piso cerca de la cafetería. Su mujer había fallecido hacía dos años y él cuidaba de Yuki mientras este decidía con quién vivir—. Fui yo quien le habló de la cafetería.

—Ah, ¿sí? —dijo Kazu desde detrás de la barra.

—Aunque solo tiene siete años, no ha parado de preocuparse por sus padres. Se arrepentía de haber llorado aquel día. Al ver su actitud tan estoica, le sugerí que regresara al pasado, a ese día, pero... —relató Morita mientras dirigía una mirada triste hacia atrás, hacia su nieto dormido subido a caballito a su espalda.

—Si no le importa que pregunte... —comenzó a decir Fumiko, que se había acercado para despedirse, mientras se dirigía hacia la puerta—. ¿Ya ha decidido con quién vivirá?

—Parece preocupada.

—Así es. Es un chico tan bueno y cuidadoso. Imagino que le estará costando tener que decidir con quién vivir.

Ante estas palabras, Morita se presionó los lagrimales con los dedos.

—Lleva bastante tiempo lidiando con esa decisión y sé que se siente en una encrucijada. Hasta me dieron ganas de regañar a mi hija por separarse a pesar de cuánto sufría Yuki. Pero de haberlo hecho solo habría logrado que él se angustiara más. No quiero que esté triste. —Morita se sorbió la nariz—. Es increíble que el chico, con solo siete años, sea tan abnegado y piense tanto en sus padres. Sé que quería regresar al pasado y regalarles una gran sonrisa, pero cuando volvió llorando..., la verdad, me pareció que había sido lo mejor —concluyó.

—Sí, estoy de acuerdo —contestó Fumiko. Tras estas palabras, Morita le dedicó una débil sonrisa, inclinó la cabeza y se marchó.

¡Tolón, tolón!

Cuando regresó a la cafetería después de haberse despedido de Morita, Fumiko soltó un suspiro.

—¿Qué sucede? —preguntó Kazu.

No era propio de ella indagar de ese modo, ya que evitaba interactuar con la gente. Pero, claro, desde que Fumiko había regresado al pasado tres años atrás, visitaba la cafetería prácticamente todos los días siempre que el trabajo se lo permitía, así que Kazu se había ido sintiendo cada vez un poco más cómoda en su compañía. Aunque tampoco puede decirse que Fumiko fuera alguien capaz de percatarse de un cambio tan sutil en distancias emocionales.

—Si tuviese un hijo tan dulce y cariñoso como él, y se echara a llorar delante de mí, no sería capaz de divorciarme... —dijo tras sentarse junto a la barra.

—Entiendo.

—¿Qué harías tú, Kazu? ¿Te divorciarías?

—Yo..., hum... —musitó Kazu, y echó un vistazo a la mujer del vestido blanco—. Yo no tengo derecho a ser feliz.

—¿Cómo? ¿Por qué di...?

¡Tolón, tolón!

Justo cuando Fumiko quiso ahondar en aquellas enigmáticas palabras, sonó el cencerro y entró Nagare llevando a Miki en un brazo y la bolsa de la compra bien cargada en el otro.

—Volvimos —anunció Miki.

—Ah, hum, bienvenidos —contestó Fumiko, que se había distraído viendo cómo Kazu desaparecía en la cocina.

—Eh, Fumiko, ¿no tienes que trabajar?

—Miki, no seas grosera —la regañó Nagare con dureza ante semejantes palabras.

—Tranquilo, Nagare, no pasa nada, ya estoy acostumbrada.

—Lo siento. Repite como un loro todo lo que oye en la televisión.

—*Ah, voilà!* Soy una auténtica *Parisienne, non?*

—No sabes lo que eso significa, ¿a que no?

—¿Qué dices, *chérie*?

—¡Ya basta!

—Fumiko, vete a trabajar *s'il vous plaît!*

—¡Pero bueno! —exclamó escandalizado Nagare.

Fumiko se echó a reír ante aquel intercambio.

—Lo siento, Fumiko. Oye, Miki, ¿no va a empezar ya Anpanman? Ve y pon la tele, ¿quieres?

—Vale. Adiós, Fumiko.

—Adiós, Miki.

—¡Soy el hombre bacteria! ¡Ha-hi-hu-he-ho! —exclamó Miki mientras se soltaba del brazo de su padre y corría hacia el cuarto trasero, donde vivían.

—De verdad que lo siento, Fumiko.

—Venga ya, no pasa nada. ¿No te encanta que muestre tanta energía? Tiene un brillo en los ojos que ni tú ni Kazu tenéis. Me parece maravilloso.

—¿Tú crees?

—Si Kei estuviera aquí, haría de este un sitio muchísimo más alegre, ¿no te parece?

—Sin duda.

—Ya han pasado dos años, el tiempo vuela.

—Sí...

Fumiko y Nagare observaban una fotografía enmarcada que estaba al lado de la caja registradora. En ella se veía a Kei sonriendo.

Kei era la mujer de Nagare y había fallecido poco después de dar a luz a Miki. De ojos brillantes y espontánea, gracias a su espíritu libre y puro no tardaba en hacer amigos.

Mientras Fumiko contemplaba la fotografía, recordó lo que Kazu había dicho un momento antes.

«Tal vez no debería contárselo a Nagare para no preocuparle. Puede que sea mejor que, por ahora, actúe como si no lo hubiese oído», pensó, y asintió para sí misma intentando convencerse.

—¡Ah, por cierto! ¿Tú qué harías, Nagare?

—¿Perdona?

—Es hipotético, claro. Imagina que tú y Kei hubierais decidido divorciaros y que al hablarlo con Miki ella se hubiese puesto a llorar a lágrima viva. Pero Miki lo que desea es que los dos seáis felices, así que, en lugar de deciros que no quiere que os separéis, os ofrece una sonrisa... para después echarse a llorar. ¿Os divorciaríais?

Nagare oyó con los brazos cruzados cómo Fumiko le soltaba toda aquella historia de un tirón.

Luego, enarcando una ceja, murmuró:

—Vaya, Fumiko, no tengo ni idea de lo que acabas de decir. —Se la quedó mirando con la cabeza ladeada y el semblante desconcertado.

—¿Qué? Ay, venga...

—Sí puedo decirte una cosa. Aunque yo hubiera querido separarme, Kei no lo habría aceptado. Que Miki llorase o no habría resultado irrelevante.

—¿Cómo? Estás presumiendo —le replicó Fumiko con tono serio.

—Nada de eso, tan solo te digo lo que habría sucedido.

—Estás presumiendo.

—Oye, fuiste tú la que preguntó.

Nagare tenía el rostro encendido de la vergüenza. Desde la caja registradora, Kei irradiaba alegría eterna.

Estaba a punto de comenzar el tercer verano desde que Kei había emprendido su viaje al futuro.

Días más tarde, Morita fue a la cafetería, esta vez solo. Fumiko no se encontraba allí, así que le contó a Kazu las novedades mientras ella seguía detrás de la barra con sus quehaceres.

—Mi nieto ha decidido que vivirá conmigo. Resulta que no solo se preocupa por sus padres, sino también por mí, tal vez porque perdí a mi mujer hace dos años.

—Es un niño muy bueno.

—Sí que lo es.

Tras estas palabras, Morita se fue del café. No dio tiempo siquiera a que se le secara el sudor en la frente.

2

La bebé sin nombre

Taira no Ason Oda Kazusanosuke Saburo Nobunaga.

Aunque resulte increíble, este era el nombre completo de Oda Nobunaga, célebre figura de la historia de Japón, un poderoso *daimyo* que alcanzó numerosas victorias militares en su lucha por unificar el país. En él se incluyen el de su clan, su apellido, su nombre personal, su título oficial y su nombre de adulto.

En la época de Oda Nobunaga, los nombres eran especialmente complejos. A los niños se les daba uno, que luego cambiaba al convertirse en adultos; a muchos jefes militares se los llamó de formas distintas a lo largo de su vida. Por ejemplo, el *daimyo* que prosiguió con la visión de Oda Nobunaga de unificar Japón fue Toyotomi Hideyoshi. Sin embargo, en otro momento de su historia la gente se refirió a él de un modo completamente diferente: Kinoshita Tokichiro, y su nombre completo fue Toyotomi no Ason Hashiba Hideyoshi.

En el Japón actual solo el nombre y el apellido han sobrevivido al paso del tiempo. El apellido se comparte a nivel familiar, mientras que el nombre fue evolucionando a partir del que anteriormente se usaba al llegar a la edad adulta, conocido también como «nombre secreto», ya que la gente no solía utilizarlo porque estaba reservado para quienes ejercían poder sobre otros. En los tiempos de Oda Nobunaga, solo los padres o lores podían llamar a alguien por su nombre de adulto. Hoy en día, tanto en la televisión como en las novelas, aparece como lord Nobunaga, un nombre bonito y sencillo para espectadores y lectores, pero en su época nadie se habría dirigido a él de ese modo.

En la actualidad, cuando un bebé nace, la legislación japonesa da un plazo de catorce días para registrar el nacimiento. Una vez registrado, el nombre puede modificarse únicamente si existe una razón válida para ello. Por lo general, una persona conserva el mismo nombre hasta la muerte.

A los padres se les aconseja que dediquen cierta reflexión a esta tarea tan importante antes de que se produzca el nacimiento; de lo contrario, descubrirán que catorce días no es mucho tiempo. En especial si tu marido, con quien debías escoger el nombre, ha muerto de forma repentina.

—Entonces, si viajo al pasado, puedo llevar conmigo a mi bebé... Interesante... —dijo Megumi Sakura en tono suave mientras contemplaba a su hija, dormida en el cochecito.

Junto a ella en la cafetería estaban Nagare Tokita, de pie detrás de la barra con su uniforme de cocinero, y Fumiko Kiyokawa, sentada en la mesa del centro.

—Está decidida a que sea su difunto marido quien escoja el nombre de su hija, así que pensé en venir con ella para hacerle compañía —explicó Nana Kohtake, que se hallaba de pie junto a Megumi.

Kohtake era una clienta habitual de la cafetería y trabajaba como enfermera en un hospital cercano. Ella misma había viajado en el tiempo en el verano de hacía tres años para encontrarse con su marido antes de que este perdiera la memoria a causa del alzhéimer.

El piso donde vivía Megumi estaba cerca de la cafetería y su bebé había nacido en el hospital donde trabajaba Kohtake. Su marido, Riuji Sakura, había sido víctima de un violento asalto que terminó con su vida justo antes de que la niña naciera.

—Tiene que registrar el nacimiento mañana, así que hoy es su última oportunidad —añadió Kohtake para enfatizar lo apremiante que era la situación.

Se dice que, después de dar a luz, el cuerpo de una madre sufre un daño equiparable al de un accidente de coche. El útero es el más afectado. A medida que se desprende la placenta, deja una lesión circular de alrededor de treinta centímetros de diámetro. A una mujer puede llevarle entre seis y ocho semanas recuperar el estado de salud previo al embarazo. Cada una vive una experiencia diferente y algunas incluso necesitan tomar analgésicos durante las primeras dos o tres semanas solo para poder moverse.

En el caso de Megumi el parto fue bastante bien, sin mayores dificultades (si es que así puede describirse un alumbramiento de ocho horas). E inmediatamente después de dar a luz dijo: «Quiero viajar al pasado», pero sus padres no la tomaron en serio.

Sin embargo, encontró una aliada en Kohtake, quien había vivido en carne propia la experiencia de viajar en el tiempo. Después de oír a la enfermera, los padres de Megumi se mostraron más abiertos a la idea, básicamente porque su hija fue bastante insistente. Aceptaron bajo una condición: que Kohtake la acompañara a la cafetería.

Megumi aún necesitaba tomar analgésicos para poder sentarse sin sentir molestias y el dolor la seguía acompañando, pero su determinación de viajar al pasado para que Riuji escogiera el nombre de su hija hacía que todo aquello pasara a un segundo plano. A ella y su marido les apasionaban las leyendas urbanas, por lo que habían visitado la cafetería varias veces y Megumi conocía bastante bien las reglas. Sin embargo, al llegar aquel día, lo primero que hizo fue verificar si podría llevar a su hija. Había una única silla en toda la cafetería que permitía viajar al pasado. Por lo tanto, lógicamente, era un viaje para uno. Pero Megumi anhelaba tanto que Riuji pudiera conocer a la bebé... Aunque fuera por un instante.

—Tal vez es posible —fue la simple respuesta de Nagare—. Pero no puedo asegurarlo, nadie lo ha intentado antes —se apresuró a añadir mientras se frotaba la sien.

—Vale, lo entiendo —contestó Megumi mientras asentía con calma, como si hubiese previsto aquello.

Se trataba de un vacío en la norma. Todo lo que las reglas no determinaban de forma explícita constituía un vacío en potencia. En este caso, no había nada que estableciese que solo una persona podía viajar al pasado. Por lo tanto, ante la falta de reglas explícitas, Nagare únicamente podía decir «tal vez».

Incluso si en lugar de tratarse de un bebé fuesen dos adultos, quizá podrían viajar sentándose cada uno en una mitad de la silla. Para casos como estos en los que no había precedentes, su respuesta era ambigua.

—Pero ¿te lo has pensado bien? Si yo fuese tu marido, sospecharía que algo anda mal —dijo Fumiko tras haber oído la conversación. Megumi no contestó, se limitó a contemplar a su hija dormida—. Por ejemplo, ¿por qué no viajas sola y le preguntas qué nombres ha pensado para vuestra hija? Así lograrías tu objetivo sin anunciarle que morirá.

Fumiko se refería a que, si Megumi aparecía con la bebé en brazos y le pedía a Riuji que escogiera un nombre, este inmediatamente pensaría: «¿Por qué no estoy allí con ellas para escogerlo? ¿Es que voy a morir?». Él conocía muy bien lo que sucedía en la cafetería, el pliegue temporal que allí tenía lugar, por lo que las probabilidades de que reaccionara así eran altas.

En otras palabras, si Megumi viajaba al pasado con su bebé, sería como anunciar la muerte de Riuji.

Megumi intercambió una mirada con Kohtake.

—Tienes razón, tal vez estoy pensando solo en mí. Pero aun así...

—¿Sí?

—Quiero que vea a su hija, aunque sea una sola vez, un solo abrazo. Es lo que él habría deseado, estoy segura —dijo Megumi y acarició delicadamente la cabeza de su bebé dormida. La niña se removió, pero siguió durmiendo.

—Lo siento —murmuró Fumiko, avergonzada por la poca empatía que había mostrado, y se dejó caer en la silla, abatida.

Kohtake se acercó a ella e intentó animarla.

—¿Sabes? Yo le dije lo mismo, y obtuve la misma respuesta, lo cual me obligó a detenerme un momento y pensar, igual que tú. Y es que no estamos pillando la esencia del asunto. Si yo estuviese en su lugar, actuaría de la misma manera. Al fin y al cabo, la niña es monísima. Si supiera que existe la posibilidad de que la conozca, la aprovecharía.

—Es cierto, yo también —contestó Fumiko asintiendo con vehemencia ante sus palabras de ánimo, y miró a la bebé dormida en el cochecito—: Es muy mona. —En ese momento, la niña comenzó a llorar y Fumiko se sobresaltó, pues creyó que había sido por su culpa—. ¡Lo siento!

Megumi, que era madre primeriza, lanzó a Kohtake una mirada de auxilio, sin saber qué hacer.

—No te preocupes, no pasa nada —dijo Kohtake para tranquilizarla, y cogió a la bebé en brazos con destreza—. Ya, ya —consoló a la niña, dándole suaves palmadas en el trasero—. No hace falta cambiarla.

—Lo siento, Kohtake, debería ser capaz de hacerlo yo —se disculpó Megumi, aunque su semblante reflejaba el alivio que sentía por poder contar con la enfermera. El rostro de la niña fue enrojeciendo a medida que crecía el llanto.

—Tal vez la pequeña tenga hambre —dijo Kohtake, volviéndose hacia Nagare.

—Puedo preparar la leche, ¿tenéis fórmula y un biberón?

—¿Eh? Pero… —Megumi, confundida ante las palabras de Nagare, miró a Kohtake en busca de consejo.

—Está bien, no te preocupes, lo hace encantado —le dijo con tono tranquilizador—. Sí, gracias, Nagare, nos vendría genial —contestó en lugar de Megumi. Desató del cochecito una bolsa de tela con cordón y se la pasó a Nagare. La bolsa contenía un poco de fórmula y un biberón; Megumi la había preparado siguiendo las indicaciones de Kohtake.

—Siento la molestia —se disculpó Megumi inclinando la cabeza en señal de agradecimiento.

—Esperad un momento, por favor, la prepararé ahora mismo —repuso Nagare, y se dirigió a la cocina.

—Lo siento mucho, de verdad —murmuró Megumi con la mirada puesta en la entrada de la cocina a pesar de que Nagare había desaparecido hacía rato.

Fumiko y Kohtake, que eran clientas habituales de la cafetería, sabían que Nagare lo hacía simplemente por pura amabilidad. Sin embargo, era entendible que Megumi se sintiera un tanto incómoda al no tener claro si era del todo correcto pedirle al personal de una cafetería que le preparase fórmula para su bebé.

—Oye, no te preocupes, los biberones son parte del repertorio de Nagare —la tranquilizó Fumiko.

—Ah, ¿sí? —contestó Megumi, aunque en realidad pensaba: «No es eso lo que me preocupa».

—¿Qué nombre le vamos a poner al bebé? —le preguntó Riuji Sakura a Megumi, que iba en el asiento del acompañante. Se habían detenido en una bocacalle en la zona noroeste del centro de Tokio. Por encima de ellos se alzaba una de las autovías principales.

—Acabamos de enterarnos de que estoy embarazada, creo que aún es pronto para eso, ¿no te parece? —respondió Megumi frotándose la barriga aún plana.

—Oye, si es un niño, podríamos elegir el nombre de algún personaje histórico importante, como Nobunaga, ¿qué opinas?

—Dime que es broma.

—¿Por qué? Me parece muy guay.

—Ni hablar, puede que estuviera bien en tiempos feudales y de combates con espada, pero no ahora. Busquemos uno más normal.

—Vale, ¿qué sugieres tú?

—Al menos esperemos a saber si es niño o niña.

—O podemos pensar nombres para ambos.

—No me apetece mucho.

—¿Por qué no?

—Siento que si, por ejemplo, al final es un niño, nunca llegaríamos a usar el nombre de niña. Así que aunque escogimos también ese nombre para el bebé, será como si nunca hubiese existido. Me da pena por el nombre.

El semáforo se puso en verde y los demás coches comenzaron a moverse despacio. Unos segundos después, Riuji hizo lo mismo.

—Ya, puede que tengas razón. Bien visto, Megumi, como siempre. ¡Escojamos el nombre una vez que nazca! —afirmó con un tono incluso más alegre.

—No, no hace falta esperar tanto. Solo digo que lo decidamos cuando sepamos el sexo.

Megumi estaba acostumbrada a los cambios de opinión extremos de Riuji. En esa clase de situaciones, su conducta impulsiva se asemejaba más a la de un niño que a la de un adulto racional. A pesar de que era dos años mayor que Megumi, a ella le resultaba bastante mono. Si Riuji creía que ella tenía razón, se retractaba de inmediato. Siempre dispuesto a aceptar la realidad de cada situación, no dejaba que su orgullo le impidiera disfrutar de los buenos momentos o luchar por lo que valía la pena. No tardaba en disculparse cuando le parecía lo correcto, pero, cuando creía que estaba en lo cierto, no cedía. Era como un niño en el cuerpo de un adulto.

Megumi había acuñado el término «adulniño» para referirse él. Le pareció que le iba muy bien.

—Lo que digo es que podríamos esperar a que nazca para saber el sexo del bebé. Así, sería como una sorpresa que nos traería al venir al mundo. ¡Me ilusiona de solo pensarlo!

—¡Venga ya! ¿Y qué dirían tus padres al respecto? Hoy en día todo el mundo sabe el sexo de su hijo antes de que nazca, es superimportante para escoger los regalos para la *baby shower*.

—No veo dónde está el problema, simplemente les responderé: «¡No lo sé!».

—Puede que te funcione con tus padres... —«Es más, seguramente les parecerá bien, ellos lo criaron y a veces son incluso más adulniños que él»—. ¡Pero no con los míos! —aseguró Megumi.

—¿Por qué? ¿No les gustan las sorpresas?

—No es eso... —dijo Megumi. Hizo una breve pausa, su semblante se oscureció y su voz se convirtió en un murmullo—. Bueno, en realidad, ese es justo el problema. Mis padres odian las sorpresas. No es solo que no les gusten, es un trauma para ellos.

—¿Un trauma?

—Cuando era niña, mis padres le organizaron una sorpresa a mi hermana. Fingieron que se habían olvidado de su tarta de cumpleaños, pero, antes de que pudieran decirle que era una sorpresa, mi hermana se escapó de casa y estuvo tres días perdida. Desde entonces, las sorpresas están prohibidas.

La historia de Megumi era en gran parte cierta, aunque lo que en realidad sucedió fue que su hermana fingió escaparse y enseguida regresó, para darles a sus padres una sorpresa aún mayor. Megumi le había contado a Riuji una versión un poco exagerada para hacerle cambiar de opinión. En otras circunstancias, tal vez su táctica no hubiese surtido efecto, pero Riuji era un adulniño.

—Vale, sorpresas descartadas.

Riuji, que se había tomado la historia de Megumi muy en serio, dejó caer los hombros, derrotado, a medida que sujetaba el volante con ambas manos. Megumi también tenía la mirada baja, pero al mismo tiempo pensaba: «Es tan fácil convencer a un adulniño…».

El ambiente se enrareció un poco hasta que se adentraron en una concurrida zona comercial. Se detuvieron ante un semáforo en el carril izquierdo de la bocacalle principal de Jimbocho.

—¡Ya sé! ¡No me lo digas a mí! Puedes contárselo a todos menos a mí. Será una sorpresa. ¿Cómo lo ves?

Riuji no se había dado por vencido. Con el coche aún detenido, aprovechó la oportunidad para acercarse a Megumi y dirigirle una sonrisa y una mirada radiantes.

«¿Acaso estaba en silencio porque esperaba el momento oportuno para decirme esto?».

Megumi lo sopesó. Al fin y al cabo, se trataba de un adulniño, por lo que era de esperar que le hiciera pucheros si no lograba lo que quería.

«Terminará cambiando de parecer».

Por un momento, fingió considerar su propuesta, y luego contestó:

—Claro, no veo por qué no. Se lo contaré a mis padres pero no a ti. ¡Hagamos eso!

—¡Genial! —Riuji dio botes entusiasmado en el asiento del conductor. Aún estaban detenidos en el semáforo, pero a Megumi le preocupaba que pisase el acelerador por accidente—. Entonces escogeremos el nombre cuando nazca.

—¿Cómo?

—Tenemos que decidirlo juntos. Recuerda que yo no sabré si es niño o niña hasta entonces.

—¿Y si escogemos un nombre de cada? —«Aunque yo lo sabré de antemano».

—Pero si acabas de decir que no te apetecía eso.

En algún punto de la conversación, las posturas de Megumi y Riuji habían cambiado. Las cosas simplemente habían seguido ese curso, pero… «Metí la pata», pensó Megumi, esbozando una extraña mueca de frustración.

—Vale, decidiremos juntos el nombre una vez que nazca.

—¡Bien!

Megumi soltó un leve suspiro. Imaginaba que sus padres estarían aguardando con ilusión la Séptima Noche, momento en que, por tradición, se anunciaba el nombre del bebé, entre otros rituales tradicionales. Esperaban ansiosos la llegada de su primer y adorado nieto, y ya le habían propuesto posibles nombres.

«Aunque, ahora que lo pienso, será el nombre que nuestro bebé lleve de por vida».

Megumi quería decidirlo con Riuji. Jamás habría imaginado que él no estaría allí para escogerlo juntos, hasta que llegó ese funesto día…

Resonaba el dong, dong, dong del reloj de pared del medio para anunciar las tres de la tarde. Nagare salió de la cocina agitando suavemente el biberón de la bebé.

En ese mismo instante, apareció Miki, que había estado durmiendo la siesta en el cuarto trasero. La hija de Nagare, que en primavera había cumplido dos años, parecía aún adormilada por cómo se frotaba los ojos.

—Anda, ¿ya te has despertado?

—Son las tres. Es hora de la merienda.

—Te conoces el horario demasiado bien. Dame un momento que termino primero con esto —dijo Nagare tras mirar el reloj con desazón.

—Sí, *monsieur*.

—¿Y eso? ¿De dónde lo has sacado?

Sin prestar atención al refunfuño de Nagare, Miki se encaramó a la silla que había frente a la mujer del vestido blanco y esperó a su merienda. Fumiko estaba sentada en la mesa justo detrás y ella y la niña tenían un vínculo especial, por lo que entablaron una peculiar conversación.

—Fumiko.

—Dime.

—¿Te has quedado sin trabajo?

—No.

—Pues estás aquí todos los días.

—Me he enamorado de esta cafetería.

—¿Vas a casarte con ella?

—Es otro tipo de cariño.

—¿De qué tipo?

—Es mi lugar favorito.

—¿Tu hogar favorito?

—Lu-gar. Mi lugar favorito.

—Lugar…, lugar…, lugar…, lu-gar… ¡Lugar, fugar, jugar!

—¿Es un juego de palabras? —quiso saber Fumiko.

—¡Jugar!

—¿Jugar? Jugar…, jugar…, jugar… —meditó Fumiko concentrada.

Nagare, que contemplaba aquella escena con mirada confusa y el ceño fruncido, entregó el biberón a Kohtake.

—Siento mucho la molestia —dijo Megumi, de pie junto a Kohtake, inclinando la cabeza en señal de disculpa.

—Está un poco menos caliente de lo habitual.

—Muchísimas gracias.

La leche que se da a los recién nacidos debe estar más o menos a la temperatura corporal. Nagare, que era chef, la calentaba un poco menos —entre treinta y tres y treinta y cuatro grados Celsius—, sirviéndose de un termómetro. En su opinión, esto era lo ideal para un bebé. No era más que su propia teoría, fruto de su experiencia preparando los biberones para Miki.

—¿Y mi merienda?

—Miki, sigamos con el juego de palabras.

—¿Qué juego de palabras? —preguntó Miki confundida.

Fumiko se desplomó, derrotada. Sus conversaciones siempre seguían el ritmo de Miki. Kohtake soltó una risita al contemplar aquel intercambio.

—Te traeré la merienda —le dijo Nagare con un suspiro, sin hacer caso a la conversación de ambas, y se marchó a la cocina.

—¿Qué lees?

En un arrebato de espontaneidad, Miki se puso de pie en la silla, se inclinó y acercó la mano al libro que la mujer del vestido blanco estaba leyendo. Quería darle la vuelta para ver la cubierta.

—¡Miki, no! —se apresuró a gritar Fumiko. La niña se paró en seco y la observó inquisitivamente con los ojos como platos.

—No puedes tocar el libro de la señora —le explicó. Los grandes ojos de Miki pestañeaban una y otra vez, sin saber por qué Fumiko había armado tanto revuelo—. Sabes que es peligroso, ¿no? —Y no se refería al hecho de que estuviera de pie sobra la silla ni a que aquello fuera de mala educación. Fumiko sabía que la mujer del vestido blanco era un fantasma y estaba al tanto de lo que era capaz de hacer.

Tres años atrás, Fumiko había experimentado de primera mano lo que supone que te lancen un maleficio cuando intentó mover a la mujer a la fuerza para poder viajar al pasado. Recordaba el momento en que el fantasma la había fulminado con una mirada espeluznante. Fue como si la aplastara una masa de aire invisible, la empujara contra el suelo y la asfixiara, impidiéndole hablar. En aquella ocasión fue Kazu Tokita quien la rescató.

«No puedo permitir que Miki sufra algo tan horrible», pensó Fumiko, y gritó para proteger a la niña.

—Cariño, suelta el libro.

Miki, que aún tenía la mano puesta sobre la novela, miró a Fumiko con semblante inexpresivo y, haciendo caso omiso de las advertencias, la cogió.

«¡Le lanzará el maleficio!», gritó Fumiko en su interior, y cerró los ojos.

—¿Eh?

Nada. Las luces de la cafetería no titilaban como la llama de una vela ni resonaban voces escalofriantes parecidas a gemidos de fantasmas, como aquella vez que había sufrido el maleficio. El ventilador de techo giraba en silencio. Y, si te detenías un momento, podías percibir que el tictac de los relojes era el sonido que reinaba en la cafetería.

«¿Por qué?».

Lo que más sorprendió a Fumiko fue que la mujer del vestido blanco, despojada de su libro de repente, siguiera bebiendo su café con calma, como si nada hubiese ocurrido.

Miki, perpleja, contemplaba la cubierta. Como solo tenía dos años, aún no era capaz de leer lo que decía.

—¿Qué haces? —le preguntó Nagare al regresar de la cocina. Llevaba un recipiente con pudin. Fumiko seguía con la mirada puesta en Miki, cuyos ojos se iluminaron al ver la merienda.

—Devuélvele el libro a Kaname. Y deja de subirte a las sillas —dijo mirando a Fumiko de soslayo, y colocó el pudin frente a Miki.

—Sí, *monsieur*.

Después de devolverle el libro a la mujer, Miki se sentó en su silla y se centró en su comida. El recipiente, que parecía del tamaño de una tapa de botella en la mano de Nagare, adquirió el tamaño de un bol de arroz en manos de Miki.

—Hum...

—¿Qué sucede, Fumiko?

—¿Por qué no le lanzó un maleficio a Miki? —preguntó Fumiko, mirando fijamente a Nagare, en busca de una respuesta—. ¿Es debido a su linaje Tokita?

—No, no tiene nada que ver con eso.

—¿Y entonces?

—Solo quienes desean viajar al pasado pueden sufrir el maleficio.

—¿Cómo?

—A ti te ocurrió cuando deseabas viajar en el tiempo, ¿recuerdas?

—Sí.

—Fue por eso. Miki no tiene intención de viajar al pasado.

—¿Y por eso no le lanzó el maleficio?

—Exacto.

Fumiko, que observaba cómo Miki disfrutaba del pudin, cambió de expresión de pronto, como si acabara de caer en la cuenta.

—¿Y si se lo quitara yo?

—No te pasaría nada.

Sin perder un minuto, Fumiko cogió el libro de las manos de la mujer del vestido blanco y, efectivamente, no sucedió nada.

—¡Es verdad! —gritó Fumiko saltando de alegría, mientras el fantasma contemplaba la nada con expresión vacía.

—Sí, pero en tu caso ya regresaste al pasado, así que da igual —aclaró Nagare.

—¿Qué?

—Como no puedes volver a viajar en el tiempo, no te lanzará ningún maleficio.

—¿A qué te refieres?

—¿Acaso no lo sabías? Solo puedes viajar una vez.

—No lo sabía.

—Pues sí.

—¿Solo una vez?

—Una sola.

—¿Lo dices en serio?

—En serio.

—Pero ¿por qué nadie me lo había contado?

—Digamos que no es una regla, sino más bien un hecho.

—¿No es una regla?

—Una regla es una pauta que debes cumplir, pero puedes incumplirla si así lo deseas. Esto no es más que un hecho, es lo que es.

—¿Y?

—No puedes volver a viajar al pasado, Fumiko.

—¿Y al futuro?

—De ninguna manera.

—Oh, no —se lamentó Fumiko, y, perpleja, se tambaleó hacia atrás y se desplomó en su silla, abatida.

El biberón ya estaba casi vacío, pero Megumi aún no se había percatado de ello. Sus pensamientos volaban lejos mientras observaba a la bebé en brazos de Kohtake. «Tal vez esa mujer y Kohtake estén en lo cierto. ¿De verdad voy a llevar a la bebé para que la conozca? Podría ir yo sola y preguntarle por el nombre. A nadie le gustaría saber que va a morir. A Riuji seguro que no le gustaría saberlo... Pero...».

La duda es una constante compañera de vida. Al tomar una decisión, las personas nunca sienten certeza absoluta. Dudar es como tener una segunda persona que vive en el corazón de uno. Los dibujos animados suelen representarla como ángel o demonio, pero ambos hablan desde nuestro interior.

Dentro del corazón de Megumi, batallaban dos facetas suyas.

«Se trata de Riuji, todo irá bien. Es más, incluso me agradecerá por llevarle a la bebé».

«Puedes pensar lo que quieras, pero, si llevas a la niña, le estarás diciendo claramente que morirá, sería imposible ocultárselo».

«No se lo ocultaré, le diré la verdad».

«¡Sería egoísta por tu parte! Él viviría mucho más feliz sin saber lo que le espera, pero te empeñas en dejar esto de lado y contarle todo. ¿Por qué ahora, que ya no está, tienes siempre en cuenta sus sentimientos, y antes, cuando aún vivía, los ignorabas?».

Desde el nacimiento de su hija, Megumi mantenía este debate interior de forma recurrente.

«¿Por qué, justo ahora, tengo tantas dudas?», pensó Megumi, y cerró los ojos.

El corazón de la gente cambia constantemente. Más allá de lo firme que uno decida mantenerse, el más mínimo suceso puede dar paso a la duda. Y, una vez que esta ve la luz del día, es difícil silenciarla, independientemente de nuestros esfuerzos. Es como si una versión diferente de ti mismo surgiese de la nada con opiniones opuestas a las que tenías instantes atrás. ¿Por qué había comenzado a dudar en ese momento? Ni Megumi podía explicárselo.

—¿Va todo bien? —le preguntó Nagare, que se había percatado del estado de ánimo de Megumi. Fue entonces cuando ella se dio cuenta de que el biberón ya estaba vacío.

—Ah, ya terminó... Lo siento, y gracias —le dijo a Nagare inclinando la cabeza. La bebé había cerrado los ojos y parecía satisfecha en brazos de Kohtake.

—Si mi mujer estuviese viva... —murmuró Nagare con la mirada puesta en la fotografía de Kei Tokita que estaba sobre la barra.

—¿Cómo? —exclamó Megumi sin poder ocultar su confusión al oír al cocinero hablar de pronto de su mujer. A pesar de su reacción, Nagare prosiguió.

—Creo que le diría que fuera a verlo.

—Sí, Kei sin duda diría eso —intervino Kohtake de pie junto a Megumi, que tenía los ojos muy abiertos, asombrada ante el comentario de Nagare.

—¿Y por qué lo dice? —le preguntó.

Nagare se rascó la coronilla y sus ojos se estrecharon aún más.

—No se me da bien inmiscuirme en los asuntos ajenos y evito hacer comentarios, pero mi mujer era todo lo contrario. Si ahora estuviese aquí, le diría que fuera a verlo.

—¿Por qué? —quiso saber Megumi. Tenía los ojos fijos en la fotografía. La mirada jovial de Kei brillaba con intensidad y su sonrisa desprendía una gran calidez.

—Ella también viajó para encontrarse con alguien, pero en su caso al futuro.

—¿En serio?

—Su estado era frágil y le habían dicho que no viviría mucho más si daba a luz a nuestra hija. Quiso viajar al futuro para asegurarse de que Miki tuviera una vida feliz. —Al decir esto, Nagare miró a su hija—. Yo me opuse, existía la posibilidad de que en el futuro la niña nunca hubiese nacido, pero ella fue, y regresó con una sonrisa.

—En ese entonces —comenzó a decir Kohtake en voz baja—, si Kei no hubiese viajado para conocer a Miki, incluso después de traerla al mundo sin ninguna complicación habría llorado día y noche, preocupada por el futuro.

—Es cierto —convino Nagare con una sonrisa irónica al recordar sus intentos por que cambiara de opinión. Ahora le alegraba que su mujer hubiese viajado en el tiempo—. Por eso digo que, si ella estuviese aquí, si viese sus dudas, le diría que fuera a verlo.

—Fue justo lo que me dijo a mí —añadió Kohtake encogiéndose de hombros.

—¿En serio? —contestó Nagare pensativo.

Kohtake también había viajado al pasado. Lo había hecho para recibir una carta a la que su marido se aferraba como si de oro se tratase. Como el alzhéimer le había minado la memoria y la identidad, no había podido enviársela a su mujer.

En aquel momento, Kohtake tuvo sus dudas, no sabía si su yo del presente debía leer una carta dirigida a su yo del pasado, pero Kei la animó a que fuera y la recibiera.

—Tranquila, cree en ti, cree en tu marido. En la vida, solo hay dos caminos: actuar o no actuar. Todos debemos escoger uno. Yo viajé, y Kei también —explicó Kohtake.

—Y yo —dijo Fumiko sumándose a la conversación y mirando a Megumi con determinación.

—Si no lo haces, puede que te arrepientas cada vez que digas el nombre de tu hija. Así que creo que deberías ir. Viaja al pasado y pídele a tu marido que le dé un nombre a su bebé, y así podrás vivir con orgullo, sabiendo que fue él quien lo escogió —la animó Kohtake con una cálida sonrisa.

—Entendido —contestó Megumi, y asintió con convicción.

«Tienen razón. Si no viajo, estoy segura de que me arrepentiré. Y, si voy a hacerlo, debo ser sincera, es absurdo ocultarle la verdad».

Megumi miró en dirección a la mujer del vestido blanco.

—Viajaré al pasado, ya no tengo ninguna duda.

—Así se habla —la apoyó Kohtake con otra sonrisa, mientras que Nagare y Fumiko intercambiaban miradas.

—Gracias por la merienda —dijo entonces Miki entrelazando las manos tras haber terminado el pudin.

Habían transcurrido dos largas horas. Para poder viajar al pasado, Megumi tenía que esperar a que la mujer del vestido blanco fuese al baño, pero no sabía cuándo sucedería. La cafetería estaba abierta desde las diez de la mañana hasta las ocho de la tarde, pero nadie podía garantizar que la mujer fuese a levantarse en ese intervalo. Podía suceder a medianoche o temprano por la mañana. Era variable e impredecible; ni siquiera las estadísticas permitían saberlo con certeza. Si Megumi quería regresar al pasado, no le quedaba más remedio que esperar.

Dong, dong, dong, dong, dong...

Uno de los relojes repicó cinco veces.

Habían pasado dos horas y ningún cliente nuevo había entrado en la cafetería. Megumi era la única que quedaba. Fumiko había regresado a su trabajo y Kohtake había tenido que salir deprisa tras recibir una llamada de la policía que le informaba de que su marido, que padecía alzhéimer, estaba con ellos; le aseguró a Megumi que regresaría pronto. Solo quedaba Kazu Tokita, que había reemplazado a Nagare después de que se fuera a hacer la compra con Miki.

Kazu estaba de pie en silencio detrás de la barra, sin esforzarse por entablar una conversación. Megumi estaba sentada en la mesa más cercana a la entrada y mecía el cochecito mientras esperaba a que la silla quedara libre.

Kohtake se había mostrado preocupada por el estado físico de Megumi, pues, al fin y al cabo, acababa de dar a luz, pero ella no presentaba ningún indicio de fatiga. Y, aunque la bebé había llorado un poco de vez en cuando, ahora dormía tranquilamente.

«Anhelo que Riuji la conozca y pueda escoger su nombre». Ya no quedaba ninguna duda en el corazón de Megumi.

Y entonces sucedió.

Plaf.

Desde el rincón más alejado de la cafetería pudo oírse el suave sonido de un libro que se cierra. Megumi dirigió la mirada al sitio de donde procedía y vio que la mujer del vestido blanco se ponía de pie lentamente.

—Ah... —exclamó Megumi de forma involuntaria tras dos horas de espera. Por dentro pensaba: «Se está levantando al fin».

Se dio cuenta de que sus ojos recorrían la cafetería en busca de Kohtake, a pesar de saber que no estaba allí.

«Finalmente se ha levantado, pero...».

Megumi deseaba la presencia de Kohtake, quien, junto con Nagare, la había animado a viajar al pasado, pero sabía que la mujer del vestido blanco no esperaría a nadie. Vio cómo el fantasma pasaba en silencio a su lado, libro en mano, en dirección al baño.

Megumi buscó a Kazu con la mirada a la espera de recibir alguna indicación.

—Ya puede sentarse —le dijo Kazu con semblante inmutable, instándola a que se acercara a la silla vacía.

—Vale —contestó, y acto seguido cogió en brazos a su bebé con cuidado de no despertarla y, con vacilación, caminó hacia la silla hasta situarse justo enfrente.

«Si me siento aquí, podré ver a Riuji».

Con su hija en brazos, se deslizó entre la mesa y la silla y se sentó. En cuanto lo hizo, sintió que un aire frío la envolvía. Contempló la cafetería y en lo primero en que posó la vista fue en un reloj de pared. De los tres que había en la cafetería, este era el del medio.

Megumi miró su propio reloj y se percató de que solo el reloj del medio mostraba la hora correcta, los otros dos indicaban horas diferentes y las manecillas estaban fijas sin moverse.

«Parece que están rotos», pensó, ladeando la cabeza con curiosidad.

—Entiendo que conoce las reglas, ¿no es así?

De pronto Megumi se dio cuenta de que Kazu estaba de pie a su lado y llevaba una bandeja donde había una reluciente jarrita de plata y una taza de café.

—Hum, s-sí.

Kazu cogió la taza de café de un blanco inmaculado y la colocó frente a Megumi.

—Ahora le serviré el café. Solo podrá permanecer en el pasado desde el momento en que le sirva el café hasta que este se enfríe. ¿Entendido? —le explicó sin rodeos, con voz clara, serena e inexpresiva.

—Entendido.

«Aunque jamás terminé de creerme que fuese posible retroceder en el tiempo».

Megumi hizo un sutil encogimiento de hombros, de modo que no llamara la atención de Kazu, y contempló la taza vacía.

—Seguramente mi primo se lo habrá dicho, pero, cuando esté en el pasado, asegúrese de no separarse nunca de su bebé; de lo contrario, solo ella regresará al presente.

Nagare le había informado de esto antes: «Asegúrese de estar tocando alguna parte de su cuerpo en todo momento».

—Vale, entendido —contestó Megumi, presionando la mejilla sobre el rostro de su hija mientras la acunaba contra el pecho.

—Siendo así, comenzaré a servir el café —dijo Kazu sujetando la jarrita frente a ella—. Recuerde: antes de que se enfríe el café —susurró.

En ese momento, Megumi sintió que el ambiente se tensaba. Era evidente que no se debía solo a su propio nerviosismo: el entorno estaba cambiando de forma notable.

Frente a ella, un hilo de café descendía desde la jarrita de plata hacia la taza. Acto seguido, una voluta de vapor se elevó dibujando un trazo etéreo. Mientras contemplaba cómo la voluta ascendía hacia el techo, se sobrecogió al sentir un vértigo intenso, como si el mundo entero estuviese girando. La escena que tenía delante se deformó y cayó en forma de cascada. Por un instante no comprendió qué estaba sucediendo y el pánico se apoderó de ella.

Bajó la mirada para observar sus manos y a su hija, y ambas se habían transformado en volutas de vapor suspendidas en el aire. Ante el miedo de perderla, abrazó con fuerza a su vaporosa hija con sus propios brazos etéreos.

El techo las engulló tan rápido que sintió que viajaban a toda velocidad sobre el raíl de una montaña rusa.

—Quiero que cambies de trabajo.

El hecho de que Riuji, el marido de Megumi, fuera bombero, le causaba una preocupación constante. Además de la labor habitual de apagar incendios, los bomberos también participaban en tareas de rescate durante desastres naturales, como terremotos o tifones. Desde que se había quedado embarazada, siempre que en la televisión aparecía la noticia de una catástrofe sacaba el tema de su profesión.

—No me pasará nada, te preocupas demasiado, Megumi.

—Pero…

—Sí, hay personas que han perdido la vida en servicio, pero el año pasado, de los ciento sesenta mil miembros del cuerpo, solo murieron siete.

—Lo sé, pero…

—Entonces no te preocupes, estaré bien. Proteger a la gente y salvar vidas…, ese es el deber de un bombero. Ya te conté que siempre tuve esta vocación, ¿recuerdas? Sentí la llamada cuando aún era un niño…

—Sí, lo sé, ¡lo entiendo! —dijo Megumi rindiéndose, exasperada. No es que creyera que Riuji fuese a morir en servicio. Se preocupaba por ella y era evidente que Riuji también lo notaba.

—Puedes estar tranquila, no voy a morir, ¿vale? Jamás permitiría que este pequeñín creciera sin mí —intentó calmarla mientras acariciaba con cariño el aún pequeño bulto en el vientre de su mujer.

Megumi soltó un fuerte suspiro.

La vocación de Riuji se había despertado a partir de un cómic que leyó de niño. El protagonista de la historia no era bombero, pero le llamó la atención la frase de uno que, en una de las escenas, rescataba a un niño de un incendio. El protagonista le preguntaba: «¿Por qué escogiste un trabajo tan peligroso?», a lo que el bombero contestaba: «Proteger a la gente y salvar vidas…, ese es el deber de un bombero. Hoy mi deber era salvar la vida de ese niño». Al leer estas líneas, Riuji se sintió sumamente inspirado.

«¡Qué guay! Quiero convertirme en bombero para proteger a la gente y salvar vidas».

Megumi había oído aquella historia no una, sino mil veces. En parte porque le había sugerido cambiar de trabajo en reiteradas ocasiones. Y no con la esperanza de que lo hiciera, sino para expresar sus miedos.

Irónicamente, a Riuji le aguardaba un cruel giro del destino.

Antes de dar a luz, Megumi había regresado a casa de sus padres en Fukushima. Aún tenían un teléfono negro con dial de rueda, que resonaba de forma estridente cada vez que entraba una llamada. Su familia vivía en una casa rural tradicional. Antes de que la reformaran unos años antes, seguía teniendo un tejado de paja. Las casas rurales tradicionales tienen unas características distintivas: disposición cuadrada y una sola planta con cuatro habitaciones también cuadradas del mismo tamaño que ofrecen una sensación de amplitud; además, prácticamente carecen de ventanas, lo que se traduce en un interior poco iluminado; por último, cuentan con columnas de madera torcida, así como otros elementos estructurales.

La casa tenía una sala de estar, una habitación para huéspedes, un dormitorio y un estudio, y la gran mayoría de las paredes estaban hechas con la técnica tradicional de tierra amasada.

Sin embargo, la casa sufrió las secuelas del Gran Terremoto del Este de Japón del año 2011, parte de ella se derrumbó y hubo que reconstruirla. Como las vigas y columnas de madera originales permanecieron en pie, intactas, las reutilizaron para darle a la casa un estilo semitradicional. Cuando Megumi visitaba a sus padres, aún percibía los vestigios de la antigua casa dispersos por el lugar. Independientemente de la reforma, para ella seguía siendo su hogar.

Una de las causas por las que decidió pasar unos días con sus padres antes del nacimiento de su bebé fue el comportamiento infantil de Riuji, que cada día le molestaba más.

Él no se opuso a que se marchara, pero con tono rebelde exclamó: «¡Bien! ¡Al fin voy a poder vivir solo!», un comentario que le sentó muy mal a Megumi.

Sin embargo, Riuji no lo había dicho con ninguna intención en particular, fue lo que le vino a la mente. Sí, no tenía tacto, pero eso era lo único que se le podía criticar. De no haber sido por que Megumi estaba a punto de convertirse en madre, puede que se hubiese reído ante el comentario y lo hubiese dejado pasar. Pero no podía. Y justo por eso necesitaba un poco de espacio. Se marchó de la ciudad para poner algo de distancia con su marido y encontró consuelo rodeada de sus padres y abuelos.

Un día, el estridente sonido del teléfono negro resonó en la casa y la abuela de Megumi contestó. Al ver que la anciana, dura de oído, pedía que le repitieran la información una y otra vez, Megumi cogió el teléfono. Su abuela esperó de pie preocupada, y notó un matiz de desasosiego en los retazos de palabras que le llegaban.

—Sí, es mi marido... ¿Cómo?

El rostro de Megumi se puso pálido.

La policía le informó de que Riuji había intervenido en una pelea en el tren mientras regresaba a casa del trabajo, y un pasajero completamente desquiciado le había cortado el cuello con un cúter. Se había desangrado hasta morir.

No recordaba nada de lo que ocurrió desde que colgó hasta ver el rostro de Riuji en la morgue. No recordaba cómo salió de casa de sus padres, el trayecto en coche, ni cómo llegó a la comisaría. Ni siquiera recordaba a sus padres acompañándola.

Según su madre, Megumi nunca perdió la calma ni los estribos, sino que respondió con tranquilidad a todas las preguntas. Cuando llegaron a la comisaría y vieron a Megumi entrar en la morgue cayeron en la cuenta de que efectivamente no se trataba de un error.

Acto seguido, comenzó el parto, y, al contemplar el rostro de su hija recién nacida, Megumi rompió a llorar.

Cuando Megumi abrió los ojos, Riuji estaba sentado en una mesa opuesta a la suya, y la observaba con ojos resplandecientes.

—¡Hola, cariño!

—¿Qu-qué?

Creyó que a Riuji le sobresaltaría su repentina aparición, pero fue ella la que se sorprendió. No había previsto que aceptara sin más que había viajado desde el futuro.

Riuji se acercó a la mesa.

—Estabas sentada frente a mí hace un minuto. Y en un abrir y cerrar de ojos apareces aquí. ¿Cómo lo has hecho?

«Bueno, es normal que estés desconcertado, pero me estás mirando como si fuese un fantasma. Aunque probablemente yo esté más desconcertada que tú».

Y en efecto, ella estaba en shock, ya que, la última vez que lo había visto, Riuji yacía en la morgue. Recordaba las flores que había puesto en su ataúd. Se trataba de una fría y dura realidad que no podía cambiar.

Sin embargo, Riuji estaba sentado frente a ella. A duras penas pudo ahogar un grito de incredulidad.

—... supongo que vienes del futuro, ¿no es cierto?

—Sí.

A ambos les fascinaban las leyendas urbanas y se sintieron atraídos hacia aquella cafetería al oír el rumor de que permitía a sus clientes retroceder en el tiempo. Por lo tanto, la visitaban de vez en cuando y conocían las reglas. Ahora que Megumi estaba sentada en la silla que te llevaba al pasado, a Riuji no le costó atar cabos y adivinar que había llegado del futuro. Sin embargo, no era algo fácil de digerir y todavía estaba en ello.

Parecía aturdido mientras se sentaba frente a Megumi con gesto vacilante.

—Hum... No tengo tiempo de explicártelo, pero escúchame bien...

Megumi dudó, no sabía qué hacer a continuación. ¿Le contaba primero lo de su muerte y luego le presentaba a su hija, o primero la niña y luego la funesta noticia?

En lugar de esperar a que prosiguiera, la atención de Riuji se centró en la taza de café que tenía delante.

—¡Oye! ¿Es este el café que tienes que beber antes de que se enfríe?

—Sí.

Riuji alargó la mano para tocar la taza y comprobar la temperatura.

—No está muy caliente. Siéntelo. Está tibio, ¡se enfriará pronto!

—Tienes razón, se está enfriando muy deprisa —dijo Megumi sorprendida tras dar un sorbo al café.

Abrió mucho los ojos. Si Riuji no lo hubiese comprobado, habría dado por supuesto que seguía caliente, puede que no hirviendo, pero sí caliente. Tenía menos tiempo del previsto.

«Siete u ocho minutos. Tal vez un poco más, pero pronto me quedaré sin tiempo».

La percepción humana es subjetiva. Los momentos desagradables parecen durar años, mientras que los alegres duran muy poco. Megumi observó la hora del reloj que tenía enfrente. Eran las cinco y diecisiete, así que pensó en volver a revisar la temperatura cuando la manecilla marcara las cinco y veinticinco.

Riuji tenía la mirada puesta en la taza, y de pronto sugirió algo inaudito.

—¿Qué pasaría si yo bebiese el café?

Tenía un pensamiento infantil, pero era parte de la singularidad de Riuji.

Megumi no pudo ocultar su malestar ante su comportamiento juguetón, ajeno a lo que le deparaba el destino. Entonces él miró a Kazu, que estaba detrás de la barra.

—¿Hay alguna regla que me impida beber el café? —le preguntó.

—No hagas preguntas extrañas a la gente, por favor —le regañó Megumi, a quien le pareció un comportamiento del todo pueril.

Sin embargo, a Kazu la pregunta no pareció alterarla.

—No, no habría ningún problema —aseguró con calma.

Y, de hecho, así era. Aunque las reglas estipulaban que el café debía beberse antes de que se enfriara, no especificaban quién debía beberlo.

—¡Genial! —exclamó Riuji con entusiasmo ante la respuesta de Kazu.

—Cálmate ya —le dijo Megumi soltando un breve suspiro de exasperación. Habían tenido este tipo de diálogo muchas veces. Pero una vez que el café se enfriara ya no habría marcha atrás. Miró hacia otro lado y se limpió las lágrimas que se le agolpaban en los ojos.

—Qué bebé más mono, ¿de quién es?

Por fin Riuji se había fijado en la criatura que Megumi tenía en brazos.

—¡Es tuya, evidentemente!

—¿Cómo? ¡No puede ser! ¿Lo dices en serio? ¿Es mi hija? Déjame que la mire bien. —Riuji entornó los ojos para contemplar a la bebé—. Conque es una niña…

—Sí…

—Es tan preciosa… Tiene tus ojos, Megumi.

—¿En serio? Yo creo que tiene tu nariz.

—Ah, ¿sí?

—Sí, son muy parecidas.

—Pues me alegra oírlo.

El rostro de Riuji irradiaba felicidad mientras acariciaba la diminuta nariz de la niña, y Megumi se vio invadida por una oleada de emociones. Las lágrimas volvieron a estar a punto de brotar. «¿Por qué moriste?». Sabía que no tenía sentido darle vueltas a eso, pero no podía apartar aquellos pensamientos de su mente.

—Por cierto…

—¿Sí?

De pronto, Riuji clavó los ojos en Megumi. Ella nunca le había visto con un semblante tan serio, con una mirada tan intensa, grave.

El corazón comenzó a latirle deprisa.

«Se ha dado cuenta. Bueno, era evidente que sucedería. Al aparecer con su hija en brazos… Lo siento, Riuji. Debería habértelo dicho como es debido».

Se sorbió la nariz y esperó a que siguiera hablando.

—Creo…, creo que, si trae un novio a casa, le daré un puñetazo. ¿Puedo?

—¿Qué? —A Megumi se le cortó un momento la respiración ante un comentario tan imprevisto—. N-no, claro que no. Además, es demasiado pronto para pensar en esas cosas.

—Lloraré muchísimo el día de su boda. ¡Ay, que no haya cartas a los padres ni nada por el estilo! —le suplicó Riuji.

—Te estoy diciendo que aún es demasiado pronto para esas cosas.

—A quién engaño, si lloro con tan solo pensarlo. —Se alejó de la mesa y le dio la espalda a Megumi.

—Ay, Riuji…

Megumi estaba a punto de decirle que se calmara un poco, pero, cuando vio que temblaba y lloraba, se quedó sin palabras.

«Se ha dado cuenta».

Riuji tenía un lado infantil, pero también era muy listo. Desde niño era experto en shogi y había ganado muchos torneos de aficionados para estudiantes de primaria y secundaria. Incluso cuando era bombero asistía de vez en cuando a clases de shogi que impartían jugadores profesionales. Si Megumi aparecía de pronto en la cafetería con una bebé en brazos, era inevitable que dedujera lo que significaba.

—Lo siento —dijo Megumi.

—¿Por qué te disculpas?

—Debería habértelo contado. —«Tenía miedo»—. Y terminaste dándote cuenta tú solo. —«Y parte de mí esperaba que así fuera»—. ¿Lo sabes desde el momento en que aparecí con la bebé en brazos?

—Pues... sí.

—Ya... La verdad es que estaba segura de que te darías cuenta.

—Verte aparecer así de pronto... Si te soy sincero, me sentí confundido y..., hum..., ¿cómo decirlo? Me llevó un rato aceptarlo. Lo siento.

—¿Por qué te disculpas, Riuji? Fue culpa mía, no tuya.

—No has hecho nada malo. Escucha... —Riuji se acercó despacio al asiento de Megumi—. Gracias a ti, puedo conocerla... —Su voz se fue apagando a medida que acariciaba la cabeza de su hija. Los ojos de Megumi se llenaron de lágrimas—. ¿Sabes? Estuve pensando... —Siguió acariciando la coronilla de la bebé y después bajó poco a poco hacia la mejilla—. Si era niño, sin duda habría querido que hiciera yudo o karate, que se convirtiera en la clase de hombre capaz de proteger a una chica cuando fuese necesario. No me habría importado que fuese un poco bobo, solo habría querido que fuese un hombre de buen corazón que aprecia lo que verdaderamente importa.

—Sí —contestó Megumi asintiendo de forma sutil mientras lo contemplaba.

—Pero si era niña, le perdonaría todo, por más travesuras que hiciera. Sería un padre indulgente y cariñoso. Le daría lo que me pidiese, incluso se lo compraría en secreto. La llevaría a donde quisiese. —Tenía los ojos hinchados y enrojecidos, pero en su rostro se dibujaba una sonrisa—. Aunque tal vez solo mientras fuese pequeña. Ya de adolescente, cuando trajese a su novio a casa, seguramente me volvería gruñón y no lo aprobaría, le diría que no es para ella. Y discutiríamos, ella diría que me odia una y otra vez, y no nos veríamos durante días. Puede que incluso me ignorase. ¿Sería yo capaz de soportarlo? Conociéndome, estoy seguro de que no, ¿no crees? Me enfrentaría a ella, le preguntaría por qué me ignora y ella me odiaría aún más. ¿Qué haría entonces?

—Lo sé...

—Pero, el día de su boda, ella dedicaría una carta a sus padres, les agradecería por haberla traído al mundo y se sentiría feliz de tenerme como padre...

Riuji volvió a acariciar suavemente la cabecita de la bebé, revolviendo su fino cabello con delicadeza.

—Riuji...

—Perdona que haya llorado, esto debe de ser muy difícil para ti también.

—No, soy yo la que debe disculparse. Siempre lo supe. Lo siento, solo quería que conocieras a tu hija.

—Lo entiendo.

—De verdad que lo siento.

—Tranquila, lo entiendo.

Con la misma mano que había estado acariciando a la bebé, limpió las lágrimas de la mejilla de Megumi.

—Riuji…

Megumi levantó la mirada en busca del reloj de pared que tenía enfrente. Las manecillas, que marcaban las cinco y diecisiete, no se habían movido en absoluto.

En aquella cafetería, cuando viajas al pasado, el reloj del medio —el que todos los viajantes pueden ver desde la silla— se detiene, y el reloj de la izquierda —el más cercano a la entrada— toma el mando. El reloj del medio mostraba la hora correcta en el presente, pero ahora debía mirar el reloj de la izquierda. Megumi había tomado como referencia el reloj incorrecto.

—¿Qué sucede?

Megumi se apresuró a tocar la taza; estaba más fría.

—¿Es la hora?

Riuji, que conocía muy bien las reglas, se dio cuenta por la actitud de Megumi de que les quedaba poco tiempo.

—El nombre.

—¿Qué?

—Quiero que escojas el nombre de tu hija, Riuji. Quiero decirle que su padre lo eligió. Que crezca sabiendo eso. Así que, por favor, dime un nombre.

—Yu.

—¿Cómo?

—Yu, significa «amable».

—¿Yu?

Riuji contestó de inmediato.

—Llevo tiempo pensándolo. Sé que dije que no quería conocer el sexo del bebé hasta que naciera, pero no pude esperar. He estado pensando en qué nombre sería el adecuado, y escogí un logograma kanji que, referido a un niño, se pronuncia «Yutaka», y referido a una niña, «Yu».

—Yu.

—Me gustaba el sentido de «amable» porque quería que lo fuera conmigo y me perdonase incluso si le daba un puñetazo a su novio.

—Qué bobo.

—Lo dejo en tus manos.

—Vale.

Riuji había escogido un nombre inspirado en sus deseos, un consuelo ante el anhelo de algo inalcanzable, y Megumi lo entendía por completo.

—Ven aquí. —Megumi le hizo señas para que cogiera en brazos a Yu—. Siempre y cuando sujete alguna parte de su cuerpo, no pasará nada.

—¿En serio?

Riuji miró a Kazu Tokita, que estaba detrás de la barra. Ella permanecía callada y ofreció un silencioso asentimiento como respuesta.

Así que Riuji cogió a la niña en brazos mientras Megumi sujetaba la mano de Yu.

—Yu... —dijo Riuji a medida que las lágrimas le inundaban el rostro—. ¿Yu? ¿Yu? —Siguió repitiendo su nombre—. ¿Por qué tuve que morir y dejar atrás a una niña tan preciosa? Ay, Dios, no me lleves aún. No pido mucho, solo que me dejes vivir hasta su boda. Déjame vivir lo suficiente como para darle un puñetazo a su novio. O solo hasta que empiece a ir al colegio. Al menos déjame estar el día en que nazca. Te lo suplico.

Riuji presionó su mejilla húmeda empapada por las lágrimas contra la de Yu.

—Riuji…

Megumi pudo sentir, a través de la mano de Yu, el anhelo de Riuji de nunca soltarla.

Fruto de algún milagro, la niña no lloraba bajo el firme abrazo de su padre. Todo lo contrario, con su manita acariciaba la mejilla de Riuji como si intentara limpiarle las lágrimas.

—Oh… —Riuji tomó la pequeña mano de Yu y su cuerpo se estremeció de forma incontrolable—. Esto no está bien —susurró. Cerró los ojos con fuerza y apartó a Yu, colocándola nuevamente en brazos de Megumi.

—Riu… —comenzó a decir Megumi con la respiración entrecortada.

El enrojecido rostro de Riuji se había desfigurado, ella nunca había contemplado tanta seriedad en su semblante.

«Al final, le causé muchísimo sufrimiento».

—Lo…, lo siento.

Justo cuando Megumi intentaba disculparse, Riuji actuó de forma repentina y resuelta: cogió la taza de café antes de que Megumi tuviera oportunidad de reaccionar y lo bebió todo de un solo trago.

CLONC.

Riuji colocó la taza sobre el platillo con tanta fuerza que Megumi temió que se hubiese roto.

El fuerte ruido asustó a Yu y comenzó a llorar, pero Megumi solo podía mirar a Riuji.

—¿Riuji?

Dio unos pasos hacia atrás con la respiración entrecortada y se desplomó sobre la barra que tenía a sus espaldas. Parecía que se le aflojaba el cuerpo entero. Su rostro, que hacía unos instantes estaba enrojecido, había adquirido un tono blanco pálido.

—¿Por qué?

—Me pareció demasiado cruel.

Megumi se paralizó. «No debería haber venido».

—¿Te refieres a que no debería haber traído a Yu...? —Le temblaba la voz. «Debe de estar muy enfadado conmigo».

—No, claro que no —contestó Riuji.

—¿Qué sucede entonces?

—Me pareció demasiado cruel que tuvieras que beberte el café en estas circunstancias.

—Ah, te refieres a eso...

—Sí, ¿a qué otra cosa si no?

Megumi levantó la mirada. Riuji le dedicaba una sonrisa cálida. «Estaba pensando en mí...».

—Riuji...

Megumi empezó a ver todo borroso, y no era a causa de las lágrimas. Al igual que cuando había emprendido el viaje, todo a su alrededor comenzó a deformarse y a dar vueltas. Sentía el cuerpo liviano, como si estuviese flotando.

—¡Riuji!

Y en ese momento se dio cuenta de algo: de su bondad. Esa era la razón por la que aceptaba todo lo que ella pensara o hiciese. Tal vez él no se percatase de ello, pero Megumi entendía ahora qué había detrás de todas aquellas acciones por las que lo había llamado «adulniño». Todo lo que había considerado infantil solo eran ejemplos de su bondad, de su capacidad para evitar desacuerdos y peleas entre ellos.

Poco después de que ella llegara al pasado, Riuji había preguntado: «¿Qué pasaría si yo bebiese el café?». Y Megumi creyó que era un pensamiento muy infantil. Sintió una mezcla de irritación, confusión e impotencia. Pero puede que, al hacer esa pregunta, Riuji se estuviese adelantando a lo que sucedería. O tal vez no lo hiciese conscientemente, sino de forma intuitiva.

«No habría podido beber el café y dejarlo llorando aquí solo».

Si Megumi no hubiese sido capaz de beber el café y hubiese terminado convertida en fantasma, a Riuji le habría invadido una profunda tristeza. Aunque sabía que debía hacerlo, no habría podido beber el café que tenía delante, y él, que la conocía, se había anticipado.

«De esta y otras maneras, la bondad de Riuji siempre me ha protegido».

Megumi no sabía cómo expresar lo que sentía, ya no tenía tiempo. Pero debía decirle algo.

—¡Riuji!

—¿Sí?

El entorno que la envolvía era cada vez más borroso y todo, salvo Riuji, comenzó a descender. Su cuerpo se transformó en vapor y, aunque él no podía verla, aún podía oírla. Pero Megumi, confundida, no encontraba las palabras apropiadas para dedicarle un último mensaje a Riuji.

«Te quiero», «Soy feliz de haberte conocido», «Fui dichosa...». «¡No es suficiente! ¡Nunca más volveré a verlo, es nuestro último momento!».

El cuerpo vaporoso de Megumi fue elevándose poco a poco. «Jamás creí que te perdería. Todo sucedió muy de repente. Sigo sin querer entenderlo. No soy capaz. Estás conmigo ahora, pero, cuando regrese al presente, jamás volveré a verte. ¿Por qué es tan cruel la vida? El mundo es un lugar solitario sin ti. Me siento tan sola. No mueras. No quiero que mueras. No me dejes sola. Estoy tan triste, tan triste por que no estés aquí. No sé si podré criar a Yu yo sola. ¿Cómo voy a lograrlo sin ti? Me angustia tanto pensar en ello. No me dejes sola, por favor, no mueras...».

Megumi no lograba expresar tantas emociones. Su conciencia comenzó a desvanecerse. Aunque extendió su mano vaporosa en dirección a Riuji, sentía que algo tiraba de su cuerpo hacia arriba. La separación era inminente; por más que se resistiera, no podía luchar contra ella.

A medida que su cuerpo comenzaba a elevarse hacia el techo, notó que los ojos de Riuji, que la observaban, también estaban llenos de lágrimas, y, por un instante, se sorprendió.

«Eso es, cariño, tú tampoco quieres morir. Qué angustiante debe de ser contemplar el futuro, ver que criaré a nuestra hija sola. Podría gritarte que no mueras, que no me dejes, pero sé que sería doloroso para ti. Solo te entristecería aún más. Si nada de lo que haga cambiará tu destino, entonces, en este último adiós, no quiero que te preocupes más. ¿Qué puedo decir para consolar tu bondadoso corazón?».

Y con toda la alegría que fue capaz de reunir, gritó con todas sus fuerzas:

—¡Si Yu alguna vez trae un novio chungo a casa, yo le daré un puñetazo por ti!

Riuji abrió los ojos de par en par, sorprendido, y en ese instante Megumi perdió la conciencia. Todo quedó en silencio, como si nada hubiese sucedido.

—Asegúrate de que así sea —murmuró con voz suave, mientras se reía con ojos llorosos.

—¿Qué has dicho?

Riuji se dio la vuelta al oír aquella voz. Era Megumi, sentada en una de las mesas. Tenía un estuche pequeño de maquillaje y se estaba retocando los labios. En la silla que había ocupado la Megumi del futuro estaba ahora sentada la mujer del vestido blanco.

Riuji miró por toda la cafetería, pero la Megumi que había tenido en brazos a su bebé y llorado delante de él hacía un momento había desaparecido. Solo quedaba aquella otra Megumi, que tenía la cabeza ladeada y lo miraba con expresión inocente mientras se aplicaba suavemente el pintalabios. Yu tampoco estaba por ningún lado.

Riuji cerró los ojos con cuidado para guardar en su memoria lo que acababa de suceder. «Aaah...». La calidez de abrazar a su hija aún perduraba en él, y sus ojos volvieron a llenarse de lágrimas.

—Oye, ¿qué acaba de ocurrir? —preguntó Megumi con el ceño fruncido mientras seguía contemplándose en el espejo.

—¿Eh? Hummm, pues…

Riuji respiró hondo y se secó las lágrimas para que Megumi no se percatara de ellas. Con la mirada fija en la mujer del vestido blanco murmuró:

—Quería saber lo que se siente cuando te lanzan un maleficio.

—Venga ya. Tú y tu curiosidad que te hace probar lo que sea. Eso es cosa de niños, ¿cuántas veces te lo he dicho?

—No hay nada de malo en que los adultos también lo hagan.

—Sí que lo hay. Déjalo. —Megumi cerró el estuche con un único chasquido y lo guardó en el bolso—. Vamos a casa, ya es tarde —dijo, y se puso de pie.

—Vale, pero primero tengo que ir al baño —contestó Riuji, y se apresuró en dirección a los aseos, procurando que Megumi no le viera el rostro.

—Pero si acabas de ir.

—Esa fue para el número uno, ahora toca…

—¡Ya, ya! ¡No necesito tanto detalle, ve!

Megumi sonrió y miró el reloj del medio.

Marcaba las cinco y dieciocho. Sin que ellos lo notaran, el reloj que estaba más cercano a la entrada se había detenido, y el reloj del medio había reanudado su tictac.

Cuando Megumi abrió los ojos, la mujer del vestido blanco estaba de pie frente a ella.

—¡Ah! —exclamó sorprendida.

—Apártate —le dijo la mujer, sin expresar el más mínimo interés.

—Claro, lo siento —se apresuró a responder Megumi, y se puso de pie deprisa mientras seguía sujetando a su hija. La mujer volvió a sentarse en su silla con movimientos silenciosos.

Megumi miró detenidamente los relojes de péndulo. El del medio indicaba que eran poco más de las nueve y el más cercano a la entrada marcaba las cinco y diecisiete, la hora que ella había contemplado mientras estaba en el pasado. No recordaba si marcaba esa hora antes de emprender el viaje. Asombrada, miró a Kazu, que había salido de la cocina.

—Hum…

Sin dirigir la mirada a Megumi, Kazu se llevó la taza que había bebido Riuji. Luego le preguntó:

—¿Y bien? ¿Qué tal fue? —Y le sirvió una nueva taza de café a la mujer del vestido blanco.

—Lo que acabo de vivir… No fue un sueño, ¿o sí? —le preguntó secándose el resto de las lágrimas.

—¿No cree que haya sucedido?

—No, quiero creer que sucedió de verdad.

—En ese caso, incluso si lo que vivió fue un sueño, ¿no cree que formará parte de su vida?

Las palabras tranquilas y resueltas de Kazu le atravesaron el corazón.

—¡Pues creo que sí! —contestó asintiendo, y miró a su bebé—. Muy bien, Yu. De ahora en adelante, ese será tu nombre.

El tictac de los relojes retumbaba suavemente en la cafetería. En el reloj más cercano a la entrada, la manecilla de los minutos pasó al dieciocho. El tiempo avanzaba en el presente, y también en el pasado, hacia el futuro.

3

El padre

A todo el mundo le encanta el *omurice* (tortilla con arroz japonesa).

Según se dice, fue Shigeo Kitahashi quien, en 1925, inventó este plato tradicional; regentaba un restaurante en Namba, Osaka, que tenía cierta influencia occidental. Se inspiró en un cliente habitual que tenía un estómago sensible y predilección por el arroz blanco y las tortillas. Entonces pensó: «Qué tristeza me da servirle una comida tan sosa día tras día», y comenzó a prepararle el plato que bautizó *omurice*: arroz condimentado con una base de kétchup y envuelto en una fina tortilla.

La receta es sencilla. Calientas mantequilla y sofríes cebollas cortadas en trozos bien pequeñitos, finas lonchas de beicon, un mix de verduras y arroz. Luego lo sazonas con sal, pimienta y kétchup para crear el característico arroz frito con kétchup. Acto seguido, cubres el arroz con una tortilla poco hecha. En la actualidad, además del condimento del kétchup, algunas personas añaden otros, como salsa demi-glace o salsa blanca. Como toque final, se añade perejil para darle una nota de color.

Un solo bocado de *omurice* y sentirás una mezcla de sabores en el paladar: la abundante presencia del huevo, una salsa sabrosa y arroz frito con kétchup, todo impregnado de aroma a mantequilla. La textura esponjosa no solo atrae a niños, sino también a adultos, y en Tokio existen muchos restaurantes especializados en *omurice*.

Era principios de junio.

Unos días después de que comenzara la temporada de lluvias, una pareja visitó la cafetería.

—Entiendo —dijo Fumio Mochizuki, el marido. Tenía cerca de sesenta años y ya comenzaban a notarse los tonos grises en su cabello. Al oír las reglas de la cafetería, su semblante permaneció inmutable. Antes de ponerse de pie, se limitó a responder—: Vámonos.

¡Tolón, tolón!

—Lo siento —se disculpó la mujer, Kayoko, haciendo una profunda inclinación con la cabeza. Parecía mucho más joven que Mochizuki. Tanto que costaba creer que tuviera una hija de veinticuatro años. Sobre la barra descansaban dos tazas de café. Mochizuki había dejado la suya intacta, no había tomado ni un sorbo—. Siento haberles hecho perder el tiempo —dijo Kayoko al ponerse de pie, y volvió a inclinar la cabeza.

—No pasa nada —respondió Nagare Tokita. Cobró la consumición y se despidió de Kayoko. A diferencia de Mochizuki, su taza de café estaba vacía, lo había bebido hasta la última gota.

¡Tolón, tolón!

—Si mi padre se opusiera de ese modo a mi boda, yo también me fugaría —murmuró Fumiko Kiyokawa encogiéndose de hombros. Había oído hasta la última palabra de la conversación desde la mesa donde estaba sentada.

—Fumiko... —la regañó Nagare con delicadeza por hacer un comentario tan fuera de lugar.

—En serio. Ese hombre obstinado entró aquí y no dijo más que «Entiendo» y «Vámonos», dejó todas las explicaciones en manos de su mujer. ¿Quién se cree que es? Yo jamás toleraría esa clase de comportamiento.

—Ya, cálmate.

—Por lo que dijo su mujer, se arrepiente de haberse opuesto a la boda de su hija, pero eso es agua pasada. Además, aunque viajara en el tiempo, creo que su actitud no cambiaría.

—¿Por qué lo dices?

—¿Viste la expresión que tenía? No parecía estar arrepentido en lo más mínimo. Más bien, era el semblante de alguien que no logra aceptar el hecho de que su hija se haya fugado de casa. Y fue justamente por eso por lo que, cuando se enteró de que no puede cambiar el presente, se marchó tan deprisa, ¿no lo crees? —repuso Fumiko frunciendo el ceño y dejando entrever su reproche.

—Pero ¿no te parece que habrá tenido sus motivos para oponerse?

—Te apuesto a que fueron motivos banales.

—¿Por ejemplo?

—Puede que no le gustase la apariencia del chico o que este no le saludara como es debido.

—Ya.

—No puedes oponerte a una boda solo por tus gustos personales.

—¿Lo dices por experiencia?

—En mi caso es lo contrario.

—Ah, ¿sí?

—En lugar de oponerse, mis padres me instan todo el tiempo a que me case, no les importa con quién. Si me fugase para casarme, serían capaces de poner un anuncio en el periódico que ocupase una página entera y dijera: «¡Enhorabuena!».

—¿Y por qué en el periódico? —quiso saber Nagare.

—Porque si me fugase no tendrían modo de contactar conmigo, ¿o sí?

—Tiene sentido.

Tres años atrás, Fumiko había viajado al pasado, a un día a principios de verano, para encontrarse con Goro Katada, que se había marchado repentinamente a Estados Unidos después de que hubiesen terminado su relación en aquella cafetería.

Mientras estaba en el pasado, Goro le pidió que lo esperase tres años. De modo que Fumiko, que iba a cumplir pronto treinta y uno, seguía esperando paciente su regreso. Por lo tanto, cualquier posibilidad de casarse con Goro era aún cosa del futuro.

—¿Me sirves otra taza?

—Sí, claro.

Nagare cogió la taza vacía de Fumiko y se marchó a la cocina. Era la única clienta que quedaba en la cafetería.

Bueno, la única no. Estaba la mujer del vestido blanco sentada en el rincón más alejado, pero, en cualquier caso, ella no podía considerarse una clienta, ni siquiera una persona. Era el fantasma que ocupaba el asiento que te permitía viajar al pasado. Permanecía allí noche y día, sin pegar jamás ojo, leyendo su libro en silencio.

Para poder viajar en el tiempo, debes sentarte en esa silla. Y, claro está, para hacerlo debes esperar a que quede vacía.

Sin embargo, si le preguntases: «¿Podría sentarme en tu silla?», no te haría ningún caso. Y, si intentases moverla a la fuerza, te encontrarías cara a cara con un maleficio.

Aun así, eso no implicaba que fuera imposible viajar en el tiempo. Cada día, había una única y efímera oportunidad de ocupar esa silla: cuando la mujer se levantaba para ir al baño.

«¿Un fantasma que va al baño?». Un hecho que deja desconcertado a quien lo oye, pero era una de las engorrosas reglas que debías cumplir para viajar en el tiempo.

—¿Qué lees? —le preguntó Fumiko intentando echarle un vistazo a la cubierta del libro que tenía la mujer en las manos.

Y entonces sucedió.

De pronto, el fantasma comenzó a ondularse. Fumiko se frotó los ojos, pues creyó que le estaba fallando la visión.

—¿Qué? ¿Qué está pasando?

En un abrir y cerrar de ojos, la mujer del vestido blanco quedó envuelta en una sinuosa niebla blanquecina. A pesar de que aquello la había cogido por sorpresa, intuía de qué se trataba. Al fin y al cabo, tres años atrás había experimentado una situación similar cuando su cuerpo se evaporó al viajar al pasado.

Mientras Fumiko contemplaba la escena boquiabierta y estupefacta, debajo de la niebla blanca apareció otra mujer.

Su nombre era Yoko Kawashima. Tenía veintiocho años, pero, a juzgar por el cansancio que le surcaba el rostro, parecía mucho mayor. No mostraba un aspecto arreglado: las mangas de su jersey estaban deshilachadas y llevaba su opaca melena recogida de una forma un tanto desaliñada.

—¡Nagare! ¡Ven, rápido! ¡Ha venido alguien del futuro! —gritó Fumiko llamando a Nagare, que estaba en la cocina. Sin embargo, él no respondió. Solo se oía el sonido de los granos de café al molerse. Unos instantes después contestó con aire despreocupado:

—Ah, aguarda un momento, estoy preparándote un café recién molido.

—¿Qué? Pero si…

La reacción de Fumiko al encontrarse por primera vez con una persona del futuro contrastaba mucho con la respuesta rutinaria de Nagare.

—¿Qué se supone que debo hacer? —preguntó. Dio un paso hacia atrás y alternó la mirada entre Nagare, que estaba en la cocina, y Yoko, que había aparecido de repente.

—¿Perdona? —dijo Yoko a Fumiko.

—¿S-sí?

—¿Trabajas aquí?

—Hum… No.

El tono de Yoko dejaba traslucir un matiz de confusión, pero, a juzgar por el modo en que le temblaba la voz a Fumiko, era evidente que estaba mucho más alterada que la mujer del futuro.

—¿No hay nadie más?

—El dueño de la cafetería está en la cocina preparando un café y Kazu está en el cuarto de atrás, durmiendo a Miki. ¿Conoces a Kazu?

—¿Kazu?

—Seguramente es la mujer que te sirvió el café que te trajo hasta aquí —aclaró Fumiko señalando la taza que Yoko tenía enfrente.

—Ah...

—Sí, debe de haber sido Kazu. Y... —Fumiko miró alrededor, pero no había nadie más—. Hum... Yo soy Fumiko Kiyokawa. Como ya te he dicho, no trabajo aquí, sino que soy una clienta habitual. Soy ingeniera de sistemas. Ah, y también he viajado al pasado, así que entiendo tu confusión. Encantada.

—Ah..., vale —contestó Yoko, que se había quedado sin palabras ante la repentina presentación de Fumiko.

—Lo siento, me he puesto a hablar por los codos...

—No, no, para nada.

—Está claro que no viniste a ver a Nagare ni a Kazu. Y a mí tampoco, evidentemente. ¿Esperas a alguien? —le preguntó Fumiko, y se volvió hacia la entrada de la cafetería, pero el cencerro no había sonado ni se oían pasos acercándose. Al darse cuenta de que no había nadie más que Fumiko, Yoko soltó un suspiro de decepción. Su rostro cansado pareció ganar aún más años.

Considerando las engorrosas reglas que había que cumplir para poder viajar en el tiempo, era evidente que tenía un buen motivo para regresar al pasado; sin embargo, la persona con la que ella quería encontrarse no estaba por ningún sitio. Su decepción era evidente. Incluso Fumiko, que acababa de conocerla, se percató de ello.

—¿Te importa si te pregunto con quién esperabas encontrarte? —dijo Fumiko. A pesar de saber que su interés no le ofrecería ningún consuelo, sintió que era lo correcto al verla tan abatida.

—Pues lo cierto es que esperaba ver a mi padre —contestó Yoko con un leve suspiro.

—Perdonad el retraso —dijo Nagare regresando de pronto de la cocina. Llevaba un café recién preparado desde el que se elevaba una delgada línea de vapor—. ¿La conoces, Fumiko? —le preguntó.

—¡Claro que no!

—Pareces enfadada.

—No estoy enfadada.

—Hum… Vale, pero… —Nagare examinó atentamente el rostro de Fumiko.

«¡Ha venido alguien del futuro y tú te pones a preparar café como si nada!».

Fumiko se tragó las palabras que ya estaban asomando de sus labios.

—¡Ha llegado una clienta! —dijo, volviéndose hacia Yoko, cuyo rostro estaba cada vez más sombrío, y se mordió el labio inferior, frustrada.

—Ah, vale —contestó Nagare captando los semblantes de ambas y, al echar un vistazo alrededor, se dio cuenta de que no había nadie más en la cafetería—. Por desgracia, algunas veces pasa.

Fumiko entendió que se refería a que en ciertas ocasiones algunos clientes no logran encontrarse con quienes pretendían ver en su viaje en el tiempo.

—¿Por qué? —le preguntó Fumiko a Nagare, haciéndose eco de los sentimientos de Yoko.

—Pues...

—¿Qué?

—Depende de las emociones de la persona.

—¿Te refieres a las emociones de ella?

—Exacto. Si en tu corazón sientes cierta renuencia a encontrarte con esa persona, es posible que viajes a un momento diferente al que pretendías ir. A veces sucede.

Fumiko se giró para mirar a Yoko, pero, cuando sus miradas se encontraron, Yoko la desvió, incómoda. ¿Era posible que en las palabras de Nagare hubiera una pizca de verdad con la que Yoko se sentía identificada?

—¿Incluso aunque sepas el momento exacto al que deseas regresar? —Fumiko estaba decidida a seguir escarbando.

—Sí, incluso en ese caso. No sé por qué sucede. Lo único que sé es que, al parecer, predomina el deseo de la persona de querer encontrarse o no con la otra. Ha pasado antes y, cuando les preguntamos, admitieron que una parte de ellos no quería ver a esa persona.

—Pero... —Fumiko no podía dejarlo estar. Le parecía una pena que Yoko se rindiera. Sin embargo, se resignó. «Debe de ser otra de las reglas». Le daba pena la mujer y le parecía muy cruel enviarla al futuro sin más.

—Lo siento. Tal vez mi yo del futuro no le explicó bien las reglas —se disculpó Nagare inclinando la cabeza en dirección a Yoko, posiblemente al captar los sentimientos de Fumiko.

—Para ser sincera, puede que no quisiera encontrarme con mi padre —confesó Yoko en voz baja a medida que levantaba la mirada—. He retrocedido cuatro años en el viaje. La noche del funeral de mi padre, mi madre me contó que él había venido una vez a esta cafetería...

—¿La noche de su funeral?

—Sí, sufrió un derrame cerebral, fue muy repentino.

—Pero ¿por qué no querías ver a tu padre? —quiso saber Fumiko, desconcertada.

—Me marché de casa cuando él se opuso a que me casara y nunca más volví hasta que me enteré de su muerte.

—No puede ser.

Fumiko y Nagare cruzaron la mirada.

—En aquel momento no entendí por qué estaba tan en contra de la boda. No logré convencerlo, así que decidí casarme sin su consentimiento.

—Espera... —exclamó Fumiko—. Tu padre... —Volvió a mirar a Nagare con los ojos muy abiertos; el semblante de ambos expresaba lo mismo—. ¿Es un hombre de pocas palabras, un pelín anticuado, de esos que piensan que las mujeres deben ir por detrás de los hombres...? ¿Se llama Mochizuki?

—¿Cómo lo sabes? —le preguntó Yoko, totalmente sorprendida.

—¡Acaba de irse! Se marchó antes de que llegaras, hace menos de diez minutos. Tres o cuatro como mucho. ¡Puedo ir tras él, quizá no sea demasiado tarde!

Y dicho esto, Fumiko echó a correr hacia la entrada de la cafetería. Sin embargo, su precipitada reacción tuvo consecuencias imprevistas.

—¡Iré contigo...!

—¡No! —gritó Nagare.

Yoko, decidida a unirse a la persecución e impulsada por el entusiasmo de Fumiko, se puso de pie y, en un abrir y cerrar de ojos, su cuerpo volvió a transformarse en una voluta de niebla blanquecina y el techo la engulló. Todo sucedió muy deprisa.

—¡Ay, no! —exclamó Fumiko, paralizada, aturdida.

—Vaya, creo que metimos la pata —murmuró Nagare, su rostro contraído en una mueca.

Una de las reglas de la cafetería determina que, al viajar al pasado, no puedes bajo ningún concepto levantarte de la silla; de lo contrario, volverás de inmediato al presente.

Cuando la niebla se disipó, apareció la mujer del vestido blanco. Estaba absorta leyendo su libro, como si no hubiese ocurrido nada fuera de lo común.

—Un momento..., ¿fue culpa mía?

—Pasó sin más. No hay nada que podamos hacer.

—Debe de haberlo.

—Ya no, no podemos hacer nada.

Fumiko se acercó tambaleante a la silla más cercana y se sentó. Acto seguido, hundió el rostro en las manos. Nagare permaneció con la mirada fija en la taza de café.

«¿Por qué me opuse de ese modo a que se casara?», pensaba Mochizuki de camino desde Funikuri Funikura hasta la estación. Aunque solo estaban a principios de verano, era un día especialmente húmedo, y pequeñas gotas de sudor se le habían formado en la frente.

—Por favor.

—Mi respuesta es no.

—Pero ¿por qué?

—Es demasiado pronto.

—¿Qué tiene de malo que solo llevemos dos meses saliendo?

—No lo aceptaré, de ninguna manera.

—Pero dime por qué. No logro entenderlo.

—¿Cómo puedes estar tan segura de conocer a un tipo como él? ¡Solo habéis pasado dos meses juntos!

—¿A qué te refieres con «un tipo como él»?

—Justamente a eso. Ni siquiera me ha saludado como corresponde. Vino y de repente me pidió mi bendición. Me parece del todo irreverente.

—Pues...

—Da igual, no consentiré esta unión. Dile que se vaya a su casa.

—¿Por qué? ¿Cómo puedes hacerme esto? Creí que querías que fuera feliz.

Habían transcurrido tres años desde aquello. Mochizuki aún recordaba aquel día. Si Yoko se había casado con el hombre con el que se fugó, su nombre de casada sería Kawashima.

Fue la primera vez que su hija se rebeló contra él. Las lágrimas incesantes de Yoko le tomaron por sorpresa al notar la intensidad de sus emociones. Para él, seguía siendo una niña. «Le falta autonomía, suele dejarse llevar por la corriente», solían destacar constantemente sus profesoras de primaria.

Cuando entró en el instituto, se unió al club de yudo porque una amiga la había invitado y no había sido capaz de negarse. El hecho de que una chica que llevaba tres años en el club de instrumentos de viento se uniera de pronto a una clase de yudo no tenía pinta de terminar bien. Lo dejó en menos de un mes.

Cuando comenzó a estudiar el grado superior, en lugar de sumarse a un deporte, se inscribió en el club de astronomía, instada, de nuevo, por una amiga. A diferencia de las clases de yudo, no había un obstáculo claro que le impidiera seguir —no suponía una complejidad física—, así que permaneció en ese club durante dos años.

Cuando se graduó, Kayoko, la mujer de Mochizuki, señaló que, de haber sido por su hija, posiblemente se habría quedado en el club de música.

La misma Yoko, transcurridos tan solo dos meses desde que había comenzado su nuevo trabajo, les presentó a su prometido, un completo desconocido. Al parecer, se lo había presentado un cliente. A pesar de que era su hija, le decepcionaba su incapacidad de aprender del pasado. ¿Cómo podía seguir repitiendo los mismos errores y seguir diciendo que sí a todo? No podía caer en lo mismo esta vez, ya que sin duda se arrepentiría de ello. Estaba seguro.

Sin embargo, ahora desearía no haberse opuesto a los deseos de Yoko. Su actitud la había ahuyentado. No tenía modo de contactar con ella. Si tenía problemas, ¿cómo podría ayudarla o incluso saber que necesitaba ayuda?

«¿Era yo el que estaba equivocado?».

Cada día que pasaba, aquel pensamiento se afianzaba aún más. Mochizuki se había convencido a sí mismo de que Yoko sería infeliz si se casaba con aquel hombre. Pero ¿acaso alguien puede predecir el futuro? De haberles dado su bendición, tal vez ella los estaría visitando con frecuencia, acompañada de un precioso nieto. La mera idea de que su comportamiento le había privado de experimentar semejante alegría había anidado en su mente.

En esas estaba cuando oyó el rumor: una cafetería que tenía el poder de llevarte al pasado. Se decía que podías volver a cualquier momento que desearas para encontrarte con alguien a quien anhelaras ver.

«Qué absurdo».

Esa fue su primera reacción. Le parecía una historia demasiado descabellada, no podía ser cierta. Sin embargo, fueron pasando los días y la curiosidad creció en él.

«¿Y si...? ¿Y si de verdad pudiera volver al pasado? ¿Y si pudiera ver a mi hija de nuevo? ¿Podría enmendar mi error?».

Y, de pronto, Mochizuki se descubrió pensando: «Si pudiese revivir aquel día, esta vez, en lugar de oponerme, le daría mi bendición...».

«¿De verdad planea viajar al pasado?».

Kayoko Mochizuki le daba vueltas a ese pensamiento mientras caminaba de regreso a casa unos pasos por detrás de su marido desde una cafetería ubicada en un sótano, que le había parecido bastante claustrofóbica. Sin que él lo supiera, Kayoko había seguido en contacto con Yoko. Después de fugarse con su novio para casarse, la había llamado y le había dado su nuevo número de teléfono y dirección, pero le dejó clara una cosa: «Jamás se lo digas a papá».

Su hija le había contado que vivía feliz y en armonía con su marido, Tetsuya. Aunque sintiéndose mal por Mochizuki, había ido a conocer a su nieto en secreto. Sin embargo, nunca volvió a ver a Tetsuya desde aquel día en que les pidió la bendición para el matrimonio. No coincidían, ya que estaba muy ocupado con su trabajo.

Kayoko siempre supo que Yoko, incluso de niña, tenía un gran sentido de la responsabilidad. Cuando estaba en el instituto, se apuntó al club de yudo solo durante un mes, y lo hizo por un motivo: una amiga suya que nunca había practicado el deporte necesitaba un empujón para apuntarse, así que le propuso a Yoko que lo intentaran juntas solo durante un mes. Terminado ese plazo, volvió a unirse al club de instrumentos de viento y su amiga permaneció en el equipo de yudo.

—¿Lo dejaste? ¿Acaso no te lo dije? El yudo no es para ti.

—El plan siempre fue dejarlo en un mes.

—Esa clase de excusas no te servirán de nada cuando tengas que salir al mundo real.

—Lo que pasa es que tú nunca crees en mí, papá.

—Ese no es el asunto. Te dije que no te apuntaras al equipo de yudo.

—No pienso seguir con esto.

—¿Cuántas veces te he dicho que no dejes una conversación a medias?

Kayoko había presenciado esta clase de discusiones entre padre e hija innumerables veces. Algo similar sucedió cuando Yoko se sumó al club de astronomía en el grado superior.

—¿Para qué apuntarte si ya sabemos que te va a durar poco?

—¿Por qué siempre lo das por sentado?

—No doy nada por sentado. Simplemente lo sé. Te conozco.

—No sabes nada.

—Sí que lo sé. Siempre dejas todo a medias.

—Vale... Entonces ¿estarás satisfecho si sigo en el club de astronomía todo el curso?

—Es evidente que no lo harás.

Si merece la pena ser parte de algo, entonces merece la pena esforzarse por ello. Así pues, Yoko fue más que un simple miembro del club. Participó activamente en él durante toda la carrera.

Kayoko se preguntaba si lo que en realidad le habría apasionado a su hija no habría sido continuar en el club de instrumentos de viento, pero Yoko jamás se quejó. Se sentía orgullosa de su hija.

Incluso cuando Yoko amenazó con fugarse, su madre nunca la detuvo, ya que confiaba en que su hija tomaría las riendas de su propia vida.

«A pesar de que somos una familia, mi marido y mi hija discutían a todas horas. Ahora que ha crecido y que tiene su propia familia, no necesita complacer a su padre. Le va bien, vive feliz con Tetsuya y su hijo en Shizuoka, lejos de Tokio. No hay por qué interferir en eso, todo está bien así», pensó.

Por lo tanto, nunca se le pasó por la mente hablarle a Mochizuki sobre la nueva vida que tenía Yoko. Entonces, un día, de la nada, Mochizuki le dijo que quería visitar la cafetería que permitía a las personas viajar al pasado. Al oírlo, Kayoko temió que quisiera regresar a aquel día transcendental para volver a oponerse a la boda de su hija.

«Si eso sucede, podría ser catastrófico, podría tirar por la borda la felicidad que Yoko ha construido».

Pensó que su marido se estaba comportando de un modo obstinado, pues sospechaba que viajaría al pasado y solo volvería al presente una vez que lograse ganarle a su hija por cansancio.

Entonces, Kayoko lo acompañó, vacilante, a la cafetería, y, tan pronto como oyó las reglas, todos sus miedos se disiparon. Había muchísimas reglas que cumplir para poder viajar en el tiempo, y todas parecían favorecerla. Sin importar cuán persuasivo quisiera ser Mochizuki, no podría cambiar el presente y tampoco podría permanecer mucho tiempo en el pasado. Y, lo que era más importante, solo podría encontrarse con personas que hubiesen visitado la cafetería con anterioridad. Respecto a esto último, Kayoko no tenía la menor idea de si Yoko había estado alguna vez en aquel sitio. Aunque viajara al pasado, probablemente no podría encontrarse con su hija. Y su marido debió de darse cuenta de esto.

Sintió que la invadía una oleada de alivio. Se marcharon de la cafetería y caminaron en dirección a la estación. Pero de pronto:

—¡Señor Mochizuki! —gritó alguien, y ambos se pararon en seco. Al darse la vuelta, se encontraron con una mujer que respiraba con dificultad. Era Fumiko Kiyokawa; gotas de sudor le perlaban el contorno del cuello y la frente.

—Un momento, ¿acaso no estaba...? —murmuró Kayoko. La mujer

le resultaba conocida. «¿No estaba en la cafetería? Había poca luz y no pude ver bien, pero nos conoce, así que debe de ser ella»—. ¿Va todo bien? —preguntó, pues su marido aún estaba desconcertado.

—¡Menos mal que les alcancé! ¡Debe volver a la cafetería, su hija ha venido del futuro para verle! —le dijo Fumiko a Mochizuki sin detenerse a respirar.

—¿Mi hija? —preguntó Mochizuki en voz baja.

A Kayoko le inquietaban las palabras de Fumiko. Era evidente que se había dirigido a Mochizuki, y solo a él, cuando había dicho «su hija». Necesitaba aclarar si esto había sido adrede.

—¿Vino a ver a mi marido?

—Sí —contestó Fumiko con completa seguridad, e irguió la espalda.

La estación estaba justo enfrente; sin embargo, sin pensárselo dos veces, Mochizuki comenzó a desandar sus pasos con Fumiko. Kayoko los siguió a cierta distancia por detrás, no tan segura.

«Si lo que dice es cierto, ¿por qué querría Yoko verlo a él y no a mí?».

El semblante de Kayoko se oscureció.

Y en el cielo, que un instante atrás estaba despejado, se fueron formando poco a poco nubes negras cargadas de lluvia.

—¿Qué tal fue? —le preguntó Kazu Tokita a Yoko cuando regresó de su viaje al pasado.

En lugar de responder de inmediato a la pregunta de Kazu, Yoko miró a su alrededor. Al estar en un sótano, la cafetería no tenía ventanas.

Sin acceso a la luz del sol, debías valerte de los relojes de pared para saber qué momento del día era. Pero los tres relojes de pared mostraban horas diferentes, y Yoko, que visitaba el local por primera vez, no tenía ni idea de cuál mostraba la hora correcta.

—He..., he vuelto al presente, ¿no?

—Sí. —Fue la breve respuesta de Kazu.

«Oh... Vale...».

Yoko había logrado viajar al día en que su padre había visitado la cafetería; sin embargo, sus caminos no se habían cruzado. Según Nagare Tokita, el hombre ataviado con uniforme de cocinero, el desencuentro había sido fruto de la enraizada renuencia de Yoko a ver a su padre. Y, ahora que lo pensaba, tenía algo de razón.

«Aunque dije que quería verlo, en el fondo estaba aterrada».

Se preguntaba qué habría sucedido de haberse encontrado con él. Seguramente su padre le habría dicho: «¿Acaso no te lo advertí? Te casaste con ese hombre y te hizo infeliz. Cometiste un error y todo porque no quisiste escucharme».

Cuando Yoko se fugó con Tetsuya Kawashima, alquilaron un piso en la ciudad de Shizuoka, a unas horas de Tokio. Juraron vivir de forma independiente, sin deberle nada a nadie.

Al principio, todo marchó bien. Tetsuya encontró un trabajo nuevo y Yoko comenzó uno a tiempo parcial en una tienda de alimentación. Poco tiempo después se quedó embarazada y, aunque ella estaba encantada, Tetsuya no. No le gustaban los niños.

De la noche a la mañana, adoptó una actitud distante. Sus palabras eran cada vez más hirientes y empezó a mostrar una personalidad violenta. Llegó incluso a patearla en la barriga, lo que le causó pánico. En numerosas ocasiones sopesó hablarlo con su madre, pero al final lo sufrió todo en silencio, pues no quería preocuparla.

«Mi madre ha sido siempre mi pilar, ha estado toda la vida a mi lado. No quiero entristecerla. Fui yo quien decidió fugarse, así que me corresponde a mí salir de esta».

Yoko dejó a Tetsuya y decidió que criaría sola a su futuro hijo. Tan pronto como le mencionó el asunto, él firmó los papeles del divorcio, como si lo hubiese estado esperando desde hacía tiempo. Y enseguida apareció con su nueva novia en el piso. Resultó ser un tipo del todo despreciable; además de su horrible comportamiento, había comenzado una aventura estando Yoko embarazada. Y ella entendió que su padre, en su momento, había sabido que Tetsuya era un canalla.

«Qué ciega estuve. Si les contara lo que sucedió, mi padre se limitaría a menear la cabeza y a mi madre se le rompería el corazón».

Aún embarazada, Yoko tuvo la suerte de encontrar un trabajo que le ofrecía alojamiento y comida. Trabajaba cocinando para los empleados de una empresa de reparto de periódicos a domicilio. Una pareja de ancianos dirigía el negocio y, aunque el sueldo era escaso, al menos tenía un techo bajo el que dormir y comida sobre la mesa. Además, la amable pareja la apoyó mucho cuando nació el niño y se ocuparon de varios asuntos durante su baja.

No le habló del divorcio a Kayoko, que de vez en cuando se ponía en contacto con ella, y le mintió asegurándole que todo iba bien. El anhelo de Kayoko por conocer a su nieto obligó a Yoko a organizar algunos encuentros, y su madre jamás descubrió la verdad.

Yoko sabía que, a medida que su hijo creciera, tarde o temprano la realidad saldría a la luz, pero estaba decidida a que no sucediera antes de que encontrara un piso y un trabajo en el que le pagaran bien para demostrarles a sus padres que ella y Mitsuru podían tener una vida estable y valerse por sí mismos.

Con este objetivo en mente, Yoko trabajó incansablemente. No ganaba mucho, pero el trabajo en la empresa de venta de periódicos resultó ser una bendición porque le permitía tener a Mitsuru a su lado. Además, la pareja de ancianos cuidaba con gusto del niño mientras ella trabajaba como cajera en un supermercado en su tiempo libre.

Yoko ahorraba con esmero y pronto tendría dinero suficiente para alquilar un piso. Sin embargo, estaba destinada a repetir el mismo error.

Cuando su hijo cumplió seis años, entabló amistad con un hombre que frecuentaba el supermercado donde trabajaba. Al hablar con él, Yoko descubrió que era cinco años mayor que ella y que era asesor inmobiliario. Ella no comprendía en absoluto en qué consistía su trabajo, simplemente sabía que no trabajaba para una empresa y que lo hacía desde el ordenador en su casa.

Un día, le sugirió que compraran un piso en el área metropolitana donde los tres podrían vivir juntos. Y a ella le pareció una idea interesante.

«Hace menos de seis meses que lo conozco, pero es muy amable y parece que a Mitsuru le agrada. Además, vivir en un piso en la ciudad me daría la confianza que necesito para contarles a mis padres que he vuelto a casarme».

Entonces, cuando él le presentó el anillo, Yoko no encontró motivo para decir que no, y se reunieron para visitar el piso que comprarían; dejó el papeleo en sus manos. Le dio el dinero que había ahorrado para el depósito y esperó noticias de la compra.

Sin embargo, el tiempo pasó y la llamada nunca llegó. No lograba localizarlo al teléfono y, desesperada, se comunicó con el agente inmobiliario que llevaba la compra, de la cual, al parecer, no tenía constancia.

La habían estafado. Era todo un engaño.

«¿Por qué?». El mundo había oscurecido por completo ante sus ojos. «¿Por qué tengo que pasar por esto no una, sino dos veces?».

Yoko ya había dejado ambos trabajos ante la inminente boda. Ya se había despedido de la pareja que le había tendido una mano. Jamás se habría imaginado que su plan de mudarse a su nuevo apartamento simplemente se evaporaría. Pero así fue, y el futuro que les esperaba a ella y su hijo estaba lleno de incertidumbre.

Consumida por la desesperación y sin un sitio al que ir, la única opción que le quedaba era humillarse ante su padre, confesarle la verdad a su madre y rogarles que la dejaran regresar a casa.

«Debo hacerlo por mi hijo. No tengo alternativa», se dijo a sí misma.

Sin embargo, justo cuando se decidió a hacerlo y estaba a punto de pulsar el botón de llamada, sonó su teléfono. Era Kayoko. La coincidencia fue tan precisa que se le desbocó el corazón; fue como si la estuviesen observando.

—¿Hola?

—Yoko, tengo malas noticias.

—¿Qué sucede?

—Verás…

—¿Qué pasa? ¿Estás llorando?

—Tu padre ha ...ido.

—¿Cómo? Es que se corta... ¿Qué dices de papá?

—Ha fallecido.

—¿Qué has dicho?

Murió a causa de un derrame cerebral; fue muy repentino. Mochizuki se desplomó sin previo aviso, cayó en un estado de inconsciencia y de ese modo dejó atrás este mundo.

La última conversación que habían tenido le vino de pronto a la mente.

—Creo que no entiendes en qué consiste el matrimonio. Piénsatelo mejor, Yoko, ese tipo no es bueno.

—¿Cómo sabes qué clase de persona es?

—Lo importante es qué sabes tú de él, ya que serás tú la que termine sufriendo.

—¿Por qué dices eso?

—Eres demasiado joven para pensar en casarte.

—¡Deja de tratarme como a una niña! Si no me das tu bendición, me iré de casa.

—Adelante entonces.

—Te juro que lo haré, te guste o no.

—No vengas llorando luego. Aunque me implores, no te dejaré volver a casa.

—Vale, perfecto.

En aquel entonces, Yoko se había dejado llevar por la rebeldía. Salió de casa hecha una furia y la terminaron engañando no una, sino dos veces. Y, justo cuando había decidido pedir ayuda porque estaba al borde del colapso, su padre había fallecido, y con él se había ido la posibilidad de salvar sus diferencias.

«¿Qué habrá pensado de mí?».

Según Kayoko, siempre que alguien mencionaba el nombre de Yoko, los labios de su padre se tensaban y su humor se agriaba.

«Debía de estar tan enfadado conmigo que ni siquiera podía oír mi nombre. No hay nada que pueda hacer. Al fin y al cabo, yo me fugué de casa...».

La noche del funeral, Yoko le contó todo a su madre. Kayoko lloró y la regañó por no haberles llamado antes. Cuando Yoko le dijo que no había querido preocuparla, el llanto de Kayoko se intensificó. Al ver que su hija no tenía dónde ir, la instó a que volviera a casa.

—Ven a vivir conmigo.

Yoko sabía que no tenía otra opción, pero no se decidía a aceptar la oferta de su madre sin más.

—Gracias, pero...

—¿Qué sucede? ¿Qué te detiene?

—¿Qué pensaría papá?

—Si tu padre supiera todo lo que has sufrido, sin duda te diría que volvieras a casa.

—Pero...

Aún resonaban en sus oídos las últimas palabras de su padre: «No vengas llorando luego. Aunque me implores, no te dejaré volver a casa». No podía dejar de evocarlas.

«He sido tan egoísta. No tengo derecho a volver a casa, estoy pagando el precio por lo que hice, por el disgusto que le causé a mi padre. No puedo aceptar la propuesta de mi madre ahora que ha muerto. Sería tan oportunista. ¿Cómo podría vivir en su casa cuando desestimé sus deseos?».

Pero cuando Yoko rechazó la oferta de su madre, esta le sugirió algo bastante peculiar.

—Vale, entonces ¿por qué no viajas al pasado y se lo preguntas tú misma?

Pero Yoko no logró encontrarse con él.

—Regresé abruptamente al presente cuando me levanté de la silla.

—Ah, ¿sí? —dijo Kazu Tokita sin dejar entrever ni un ápice de emoción al oír lo que le había sucedido a Yoko. Se limitó a recoger la taza de café, que seguía casi llena.

—Le prepararé más café —susurró antes de desaparecer en la cocina.

Y, entonces, la mujer del vestido blanco regresó del baño. Yoko le devolvió el asiento y se sentó en una mesa cercana.

—Mami.

Durante su viaje al pasado, su hijo la había esperado en la cafetería. Salió corriendo del cuarto ubicado al fondo para acercarse a ella.

—¿Te has portado bien, Mitsuru?

En lugar de responder, Mitsuru le enseñó una muñeca esqueleto disfrazada de Papá Noel.

—¿De dónde la sacaste?

—Ella me la dio.

—¿Ella quién?

Sin decir nada, Mitsuru volvió la cabeza. Yoko siguió la dirección de su mirada y se topó con una mujer de unos cuarenta y cinco años. Se llamaba Kyoko Kijima y era una clienta habitual de la cafetería. Ella también tenía un hijo que estaba en primaria. Sin embargo, no era Kyoko quien le había dado la muñeca a su hijo, sino una niña de ojos grandes y brillantes que estaba a su lado. Se llamaba Miki Tokita, era la hija de Nagare y cumpliría seis ese año.

—¿Le has dado las gracias? —le preguntó Yoko, y Mitsuru le respondió con un solemne asentimiento.

—¿No pudiste verlo? —inquirió Kyoko. Estaba en la cafetería cuando oyó la conversación entre Kazu y Yoko, y, poniéndose en el lugar de Yoko, se ofreció a cuidar de Mitsuru mientras viajaba al pasado.

En realidad, hacía poco el hermano menor de Kyoko había aparecido para visitar a su madre. Había regresado desde un futuro en el que ella había muerto a causa de un cáncer, por lo que se sentía identificada con la necesidad de Yoko de ver a su padre.

—Terminé viajando a un momento en el que mi padre no estaba en la cafetería...

—Ay, qué lástima —se lamentó Kyoko soltando un suspiro de compasión, como si se tratara de una pérdida personal.

—Sí —contestó Yoko acariciando la cabeza de Mitsuru mientras este acunaba con cuidado a la muñeca—. Pero tal vez fue para bien...

—¿A qué te refieres? —le preguntó Kyoko, ladeando la cabeza con curiosidad.

—Acabo de quedarme sin dinero y no tengo donde vivir, así que no me queda otra que regresar a casa. Creo que simplemente quería pedirle perdón a mi padre para tener la conciencia tranquila.

—Aun así…

—No pasa nada. Me siento un poco desilusionada, pero… —Las palabras de Yoko expresaban un matiz de culpa.

«En realidad me siento aliviada, me alegra no haber visto a papá, pero no puedo decirlo en voz alta. Sin embargo, así es como me siento por dentro. Soy una hija horrible».

La voz interior de Yoko no hacía más que seguir escarbando.

«¿Por qué tuve que fugarme?».

«¿Por qué no les conté nada la primera vez que me engañaron?».

A medida que rumiaba sobre esto, su mente se hundía cada vez más en una oscuridad insondable. Al ver a Yoko tan abatida, Kyoko no supo qué decir y pronto Miki se quedó dormida en sus brazos. Echó un vistazo al reloj: eran poco más de las ocho de la tarde.

«No tiene sentido que siga aquí. Ya es hora de irnos».

Pero justo en el momento en que Yoko cogía a Mitsuru de la mano y se ponía de pie…

—Disculpe la demora —dijo Kazu Tokita apareciendo de pronto desde la cocina.

—Ah, estábamos a punto de…

—Aquí tiene…, un poco de café mientras espera.

Kazu le sirvió un café a ella y leche caliente a Mitsuru antes de volver a desaparecer en la cocina. Yoko estaba confundida. Miró a Kyoko, que se había sentado junto a la barra, y esta le sonrió y asintió levemente con la cabeza, como diciendo: «Bueno, se ha tomado la molestia de prepararte el café, así que yo que tú lo bebería».

Yoko soltó un suspiro y volvió a sentarse. Mitsuru se había acomodado en la mesa de enfrente y estaba bebiendo la leche.

«He fallado como hija. Debería haberle llamado cuando nació Mitsuru, pero fui tan obstinada. Incluso le hice prometer a mamá que no le diría nada a papá, y, a causa de ello, murió sin saber que era abuelo».

Ni siquiera le apetecía probar el café que le habían servido. Solo podía limitarse a suspirar. Sentía el corazón hundido, tan negro y oscuro como el café que tenía delante.

«El remordimiento me aplasta por dentro. Nunca más veré a papá. Tuve mi oportunidad, podría haber regresado al día en que visitó la cafetería, pero la desperdicié».

Una de las misteriosas reglas para viajar en el tiempo consistía en que solo podías encontrarte con personas que hubiesen visitado la cafetería. Su madre le había dicho: «Creo que tu padre quería viajar al pasado para evitar que te casaras con ese hombre. Pero al descubrir que no podía encontrarse con alguien que no hubiese visitado la cafetería, desistió y se dispuso a marcharse. Si pudieras regresar a ese momento, darías con él».

—Un momento.

«Dijo que se dispuso a marcharse, no dijo que se marchara, ¿por qué?».

Mientras Yoko reflexionaba sobre su conversación con Kayoko, una sensación incómoda se apoderó de ella, como si estuviese pasando por alto algo importante.

Y había algo más.

«¿Qué acaba de decirme la camarera? "Aquí tiene..., un poco de café mientras espera"».

«¿A quién se supone que estoy esperando?».

Yoko no había dado importancia a las palabras de Kazu, creyó que simplemente se había equivocado, pero cuando las relacionó con lo que había dicho Kayoko sintió que algo se removía en su interior. Cogió la taza de café en un intento de apaciguar su mente.

Y entonces sucedió.

Al principio, Yoko creyó que la pared que tenía enfrente se difuminaba y se transformaba en una niebla blanquecina. Después se dio cuenta de que se trataba de la mujer del vestido blanco, sentada en una mesa cercana a la suya, que ahora parecía un espectro etéreo. Recordaba a la manera en que un ninja puede desvanecerse tras una nube de humo. Yoko entendió al instante lo que sucedía, pues ella misma lo había experimentado.

«Lo mismo sucedió cuando viajé al pasado».

En cuanto Kazu le había servido el café, su cuerpo pareció unirse al vapor de la taza.

«Está ocurriendo lo mismo».

Yoko intuyó que alguien aparecería debajo de aquel velo de neblina.

«Se dispuso a marcharse».

«Aquí tiene..., un poco de café mientras espera».

Con el corazón desbocado, Yoko atrajo a Mitsuru y lo colocó en su regazo.

—Ah...

El techo engulló la niebla blanca que había envuelto a la mujer del vestido blanco y acto seguido apareció la persona que esperaba ver.

—¿Papá…?

—Yoko.

Al oír su nombre en aquella voz baja y ronca, se quedó inmóvil. Tras la niebla, había emergido el cuerpo de su padre.

Kayoko había regresado con Mochizuki a la cafetería de tenue iluminación que tan claustrofóbica le resultaba.

—Entiendo que si me ha traído hasta aquí es porque puedo ver a mi hija.

—¡Así es! —contestó de inmediato Fumiko con los ojos brillantes.

Kayoko la miró confundida.

—Pero ¿a qué se refiere? —prosiguió Mochizuki—. ¿Acaso no dijo que mi hija vino del futuro? Creía que esta cafetería solo permitía viajar al pasado.

—En realidad también se puede viajar al futuro —le explicó Nagare.

—¿Cómo?

«La mera idea de viajar al pasado es de por sí bastante absurda», pensó Kayoko, escéptica, pero se mordió la lengua.

—Esta cafetería no solo permite a sus clientes viajar al pasado, sino que pueden viajar a cualquier momento que deseen.

—¿Cualquiera?

—Así es. Incluso se puede viajar al futuro, aunque no es lo más común.

—¿Por qué?

—Pues, imagine que quiere encontrarse con alguien en el futuro. ¿Cómo saber el momento preciso en que esa persona vendrá a la cafetería?

—Ah, entiendo...

—Exacto. Si se viaja al pasado, lo único que se necesita saber es cuándo visitó la cafetería. Pero...

—Si se viaja al futuro, no hay forma de saberlo...

—Correcto.

—Pero como mi hija vino del futuro...

—Significa que, si viaja al momento exacto en que ella vino aquí, podría encontrarla.

—Aunque, si nuestra hija estuvo aquí hace un momento, ¿no se podría simplemente viajar unos minutos al pasado en lugar de recorrer todo el trayecto hasta el futuro? —preguntó Kayoko.

—Oh, no habíamos pensado en eso —dijo Fumiko dando una palmada al aire al darse cuenta de que su razonamiento tenía una laguna. Entonces miró a Nagare.

—Eso no sería posible —contestó este.

—¿Por qué no? —quiso saber Fumiko, quien insistía en conocer los hechos.

Kayoko, que había planteado aquella pregunta, observaba el intercambio entre Nagare y Fumiko con expresión serena.

—Porque solo hay una silla —explicó Nagare.

—Ah, comprendo. —Fumiko se dio por satisfecha con la respuesta.

—Lo siento, pero no termino de entender —dijo Kayoko, confundida.

—La silla que debería ocupar su marido ya estaría ocupada por su hija al venir ella del futuro.

—Pero justamente por eso... Ah... —se detuvo Kayoko antes de seguir objetando, pues había comprendido lo que Nagare intentaba explicarle.

—El asunto es ese, no pueden viajar dos personas de forma simultánea. Solo hay una silla —aclaró Nagare.

—Hum... Entiendo —dijo Kayoko. Al parecer, la explicación de Nagare le había parecido suficiente, aunque en su mente cavilaba: «Si mi marido quiere viajar en el tiempo para evitar la boda de Yoko, ¿qué sentido tendría que viaje al futuro?»—. ¿Qué piensas, cariño? —le preguntó a Mochizuki, quien la ignoró mientras contemplaba la silla que permitía viajar en el tiempo, donde estaba sentada la mujer del vestido blanco. Quien quisiera animarse a emprender tal viaje, primero tendría que esperar a que la mujer se levantara para ir al baño.

—Su hija nos dijo que había retrocedido cuatro años en el tiempo, pero no sé el día y la hora en que viajó.

—Yo sí —afirmó Fumiko levantando la mano.

—¿En serio? —contestó Nagare, sorprendido.

—Sí, conozco el momento exacto.

—¿Cómo?

—Lo vi en su reloj —explicó, señalando su propio reloj de pulsera—. Muchas mujeres usan los relojes con la esfera en la parte interior de la muñeca, ¿lo han notado? Bueno, ella llevaba la suya en la parte exterior. Eso hizo que me fijara, y pude ver que era un reloj digital, y en la pantalla aparecía «18.45». También aparecía la fecha: 11 de noviembre. Estoy completamente segura —concluyó Fumiko, sin dudarlo.

—Entonces son las 18.45 del 11 de noviembre de dentro de cuatro años. Perfecto, tenemos todo lo que necesitamos —exclamó Nagare mirando a Fumiko con los pulgares hacia arriba, impresionado por su perspicacia—. Entonces ¿qué desea hacer? —preguntó a continuación volviéndose a Mochizuki.

Sin embargo, Kayoko aún tenía sus dudas.

«¿Por qué quiere viajar al futuro? No logrará lo que busca. Si quiere verla, simplemente puede volver a esta cafetería dentro de cuatro años».

—Lo siento, pero mi marido tenía previsto viajar al pasado para ver a nuestra hija antes de que se casara... —comenzó a decir Kayoko en nombre de su marido, que permanecía en silencio. De pronto, este la interrumpió con un simple gesto de la mano—. ¿Qué?

Haciendo caso omiso a la cara de sorpresa de su mujer, Mochizuki inclinó la cabeza y dijo:

—Quisiera viajar al futuro, por favor. Al futuro donde podré ver a mi hija.

Sin embargo...

«¿Cuánto más tendré que esperar?».

Habían pasado tres horas desde que Mochizuki había decidido viajar al futuro. Kayoko se había marchado a casa para preparar la cena. Los relojes de pared de la cafetería mostraban horas diferentes, por lo que no servían de nada. Así que revisó el suyo: eran las 19.20. No había ninguna ventana, pero estaba seguro de que ya había oscurecido fuera.

Mientras esperaba, había bebido dos tazas de café. Había sido un ingenuo al creer que ya habría regresado a casa para la cena, y ahora su estómago se lo reclamaba.

«Dijeron que era un fantasma, pero...».

Mochizuki volvió a mirar a la mujer del vestido blanco. Estaba sentada inmóvil y absorta en la lectura; el vestido era de manga corta a pesar de que aún faltaba tiempo para el pleno verano. Ellos dos eran los únicos clientes. Kazu y Nagare estaban detrás de la barra. Nagare tenía en brazos a su hija, Miki, que dormía plácidamente. Acababa de cumplir dos años. La mujer de Nagare, Kei, había fallecido poco después de que la pequeña naciera.

—Como padre, puedo imaginar la pena que sintió al saber que no la vería crecer —le había dicho Mochizuki a Nagare, compartiendo su dolor.

—En realidad, mi mujer también viajó al futuro; quiso ver a nuestra hija en edad de ir al instituto —contestó Nagare. Sus finos ojos se estrecharon aún más. Incluso pareció sonreír al recordarlo.

—Vaya... —dijo Mochizuki, fascinado ante la historia de Nagare—. ¿Y pudo verla?

—Sí, y gracias a eso mi mujer murió con una sonrisa. Aunque nunca me contó de qué hablaron —explicó, y dirigió la mirada a una fotografía enmarcada de Kei que estaba sobre la barra. A Mochizuki le pareció que la sonrisa de la mujer era cautivadora.

—En mi caso, no creo que nuestra historia tenga un final feliz, aunque vaya al futuro a encontrarme con ella. Quería viajar al pasado, darle mi bendición, ¿sabe? A pesar de que terminaría yéndose de casa igualmente, al menos quería que contara con mi consentimiento. De ese modo, tal vez, si en el futuro tiene algún problema, sabrá que puede volver con nosotros, o tal vez me permita aconsejarla. —Mochizuki comenzó a murmurar, como si estuviese hablando consigo mismo—: Esa era mi idea. Pero ahora necesito repensarlo todo si pretendo viajar al futuro. Creo que no tendría sentido decirle esto, estoy seguro de que no me ha perdonado por lo que hice. El mero hecho de que no me haya enviado ni siquiera un mensaje es prueba de ello —concluyó con un suspiro, mirando hacia el suelo.

—Entonces ¿por qué se planteó siquiera viajar al pasado? —le preguntó Nagare ladeando la cabeza con curiosidad.

—Pues...

Y así fue como, mediante un relato un tanto desordenado, Mochizuki compartió con Nagare por qué había decidido regresar al pasado.

Una noche mientras cenaban, le preguntó a Kayoko de improviso:

—¿Recuerdas la comida favorita de Yoko?

Simplemente se le ocurrió, sin ningún motivo en particular.

—¿Por qué lo preguntas así de pronto? —le respondió ella sorprendida, y con razón. Yoko era un tema tabú desde que se había fugado.

«No lo dice, pero estoy seguro de que Kayoko me culpa por la marcha de Yoko», pensó Mochizuki.

El humor de Kayoko siempre se resentía visiblemente cuando sacaban el tema de su hija.

—¿Cuál es su comida favorita? —La pregunta ya estaba hecha, no tenía sentido echarse para atrás.

—Si mal no recuerdo, es el *omurice*.

«¿A qué viene esto?». Su ceño fruncido dejaba traslucir lo que pensaba Kayoko.

—Ah, vale.

—¿Por qué?

—Por nada importante.

Pero no se trataba de algo banal, en absoluto. En cuanto contestó, Mochizuki experimentó un impactante momento de lucidez.

«¿De verdad me opuse a que mi hija se casara sin siquiera saber cuál es su comida favorita?».

Claramente, parecía ridículo equiparar el asunto de la comida con el de la boda, pero, aun así, aquello le inquietó.

«¿Qué sabía de Yoko? Tiene sus propios gustos y vivencias. Fue un error intentar guiarla todo el tiempo; en algún momento, ella debía tomar decisiones importantes sin mí. Y a veces, en la vida, cuando escogemos un camino nos equivocamos... Es imposible estar siempre a su lado para ayudarla. La protección no lo es todo. Debería haberla animado a conseguir la fortaleza necesaria para superar las dificultades por sí misma. Solo quería que fuera feliz, pero tal vez, al hacerlo, restringí sus posibilidades sin proponérmelo».

En ese momento Mochizuki comprendió finalmente que se había equivocado al oponerse a que su hija se casara con aquel hombre.

—Tal vez, debería haber confiado en su elección, debería haber esperado. Así, por lo menos, ella sabría que siempre puede volver a casa. En aquel momento yo solo pensaba en mis cosas, no velaba en serio por la felicidad de mi hija. Quiero pedirle perdón por haber actuado así. Eso es lo que siento ahora mismo —concluyó.

A lo largo de la vida, nos arrepentimos de muchos actos que no podemos deshacer. La mayoría se trata de cosas que hicimos o dijimos sin pensar. Las disputas familiares —entre padres e hijos, o incluso entre hermanos— pueden tardar en sanar. Por más que nos arrepintamos de conductas o acciones pasadas, nada puede curar las heridas emocionales que infligimos a una persona a menos que los sentimientos de esta cambien.

Las palabras de Mochizuki penetraron con suavidad en los oídos atentos de Kazu, al tiempo que Nagare susurraba:

—Entiendo... —Y sus finos ojos se estrecharon incluso más.

Plaf.

El repentino sonido de un libro que se cerraba resonó en toda la cafetería. Mochizuki se volvió y vio que la mujer del vestido blanco se estaba poniendo de pie poco a poco.

—¡Se ha levantado! —exclamó sin querer de forma impulsiva antes de taparse la boca con las manos, avergonzado. Sin embargo, la mujer del vestido blanco lo ignoró y caminó en silencio, pasó junto a la mesa de Mochizuki y, de forma completamente inaudible, se dirigió hacia el baño. Él miró alrededor, como pensando: «¿Y ahora qué hago?».

Kazu Tokita, que hasta entonces había permanecido en silencio, le dijo:

—Siéntese aquí, por favor, y espere un momento. —Y desapareció en la cocina.

Nagare le hizo una seña con la cabeza y Mochizuki lo tomó como una indicación para levantarse y acercarse a la silla.

«Por fin podré ver a Yoko. Aunque Kayoko debe de estar desconcertada por mi interés en viajar al futuro. Es muy probable que ya tenga lista la cena y que esté molesta porque aún no he llegado».

Mochizuki había percibido el suave suspiro de Kayoko cuando esta se marchó de la cafetería. Pero por encima de todo destacaba un hecho: «Yoko vino al pasado a verme».

De lo contrario, jamás se habría planteado viajar al futuro: «Tal vez, cuando me vea, me perdone».

Un halo de esperanza parpadeó en su mente.

Aferrándose a su determinación, Mochizuki se sentó en la silla que la mujer había desocupado.

Una vez allí, se percató de que el espacio que rodeaba al asiento estaba un tanto helado. Extendió la mano para explorar aquel fenómeno y detectó que la temperatura cambiaba a unos pocos centímetros de la punta de sus dedos.

«No es la silla la que está fría, sino que todo este espacio tiene una temperatura diferente».

Tuvo la certeza de que estaba en un lugar especial, uno donde se podía viajar en el tiempo.

—Perdone la espera —dijo Kazu saliendo de la cocina con una bandeja en la que llevaba una taza de un blanco inmaculado y una jarrita de plata. Mochizuki no tenía ni idea de qué ocurriría a partir de ese momento y, al percatarse del desconcierto que reflejaba su rostro, Kazu le explicó—: Ahora le serviré una taza de café... Viajará cuatro años al futuro, ¿correcto?

—Sí —confirmó Mochizuki, echando una rápida mirada a Nagare, que asintió en su dirección.

—Muy bien. Su viaje comenzará cuando vierta el café en la taza... —comenzó a explicar Kazu mientras colocaba la taza de café frente a él— y terminará cuando se enfríe por completo.

—¿Hasta que se enfríe? ¿Nada más?

—Nada más.

—Entiendo... —contestó Mochizuki. Había oído hablar del límite de tiempo, pero era más corto de lo previsto.

Mientras aguardaba a que la mujer del vestido se levantara de la silla, se había bebido unas cuantas tazas de café, y hubo algo del café que servían en aquel lugar que le llamó la atención. Lo preparaban a una temperatura un tanto más fría que otros sitios. Tal vez el que le iban a servir ahora fuese especial, diferente al resto, y se servía más caliente; sin embargo, si era como los otros que había bebido, no tardaría más de diez minutos en enfriarse (quizá ocho, o incluso menos). Aquello lo inquietaba. Teniendo en cuenta el poco tiempo con el que contaba, ¿sería suficiente para expresarle a Yoko, la hija que no había visto desde hacía años, sus sentimientos?

—Vale —dijo, con el rostro marcado por la ansiedad.

—Cuando esté en el futuro, asegúrese de beber toda la taza antes de que el café se enfríe.

«¿Cuántas más de estas reglas tan molestas hay?». No pudo evitar sentirse sutilmente irritado al enterarse de otra regla.

—¿Qué sucederá si no me termino el café? —preguntó, y sus palabras, sin quererlo, denotaban cierto fastidio.

—Si no se termina el café, pasará a ocupar esta silla para siempre —contestó Kazu, impasible e inexpresiva.

—¿Yo?

—Sí.

Entonces se quedó en silencio, sin saber qué contestar. La simple respuesta de Kazu implicaba algo tan serio que lo había dejado estupefacto. Era evidente que no estaba bromeando.

«Ah, entiendo», caviló Mochizuki. Era comprensible que el viaje en el tiempo conllevara sus riesgos. En cierto modo, tenía sentido. Al fin y al cabo todo milagro supone un riesgo.

—De acuerdo —le dijo.

Kazu, al captar la expresión de su rostro, entendió que no hacía falta seguir ahondando en aquella regla y siguió explicando el proceso.

—Debe recordar una cosa… —le dijo con tono rotundo.

—¿Qué?

—Sea lo que sea lo que vea en el futuro, nada cambiará, sin importar lo mucho que lo intente a su regreso. Así es la regla. Es absoluta.

—Hum… Vale —respondió Mochizuki, aunque no comprendía del todo las implicaciones de lo que acababa de decirle la camarera.

En su mente, mientras que el pasado ya estaba escrito, y era, por ende, inalterable, el futuro aún no, por lo que creyó que sus acciones no se verían limitadas.

—Por ejemplo —continuó ella explicando—, imagine que en el futuro descubre que le robarán el coche dentro de una semana. Aunque lo sepa, no podrá hacer nada para evitarlo.

—¿Por qué? Si sé que me lo van a robar, puedo hacer algo… ¡Ah! —exclamó. Y en ese momento, comprendió lo que Kazu trataba de decirle.

El quid —o, más bien, la pega— de la regla era que, por mucho que uno intentara cambiar algo tras viajar en el tiempo, la realidad nunca iba a cambiar.

Con cuidado, Mochizuki intentó verbalizar esta revelación.

—Si lo entiendo bien, esta regla no se refiere a lo que sucederá, sino a lo que yo descubriré que va a suceder.

—Exacto —contestó Kazu, mirándolo fijo a los ojos.

Mochizuki trató de poner orden en la espiral de pensamientos que le invadían la mente.

Si, por ejemplo, viajaba al futuro y se enteraba de que le robarían el coche, podría hacer todo lo posible para evitarlo: esconderlo, ponerle un sistema de seguridad, y demás medidas. Es decir, sus acciones anteriores a ese hecho podrían cambiar gracias a lo que ahora sabría. Sin embargo, aunque su modo de actuar cambiara, no podría evitar el robo del coche, hiciera lo que hiciera.

—Vale, entiendo.

En el momento en que Mochizuki captó la esencia de esta regla, sintió que la duda se apoderaba de su corazón ante el riesgo de conocer un destino marcado por la desesperanza, sellado por un futuro que no podría cambiar, por mucho que lo intentara.

—¿Desea continuar? —le preguntó Kazu con voz suave y con la mano sobre la jarrita que reposaba en la bandeja que tenía delante.

Independientemente de lo que viera en el futuro, los hechos permanecerían inalterables. Incluso si descubría que su hija era infeliz, no podría hacer nada por aliviar su sufrimiento. Tendría que seguir viviendo con esa impotencia.

—¿Está listo? —volvió a preguntarle Kazu. Esta era su última oportunidad para dar marcha atrás.

«¿Debería hacerlo? —pensó. Tal vez se condenara a cuatro años de agonía—. Aun así, Yoko, mi hija a quien no veo desde hace años, quiso venir a visitarme. Debe de haber tenido una buena razón para ello. Si no voy, puede que nunca tengamos otra oportunidad de encontrarnos. No hay duda alguna».

Mochizuki se había decidido.

—Sí, estoy listo —contestó, y miró fijamente a Kazu, que aún tenía la mano sobre la jarrita de plata.

—Muy bien, entonces... —Kazu se enderezó, inspiró y acto seguido susurró—: Antes de que se enfríe el café.

En ese momento, el entorno se tensó de forma notoria. Poco a poco, Kazu levantó la jarrita de plata de la bandeja y comenzó a servir el café en la taza con destreza. Realizó esta acción tan habitual con la elegancia digna de una bailarina.

«Vaya...».

Una voluta de vapor se elevó desde la taza, llena hasta el borde. Mochizuki vio cómo el vapor ascendía hacia el techo. Pese a estar seguro de que seguía el rastro de la voluta, se dio cuenta de que, inexplicablemente, él también se elevaba hacia el techo. La escena a su alrededor parecía caer en cascada, hasta que él mismo se convirtió en un hilo etéreo.

«¡Ah!».

A medida que todo lo que le rodeaba cambiaba muy deprisa, sintió que se desvanecía poco a poco. En medio de aquel estado de semiinconsciencia, recordó el día en que conoció a su mujer.

—Diste una malísima primera impresión —le dijo Kayoko a Mochizuki cuando este le propuso matrimonio.

Se refería a cuando hizo su periodo de adaptación en la empresa en la que ambos trabajaban y ella aún no conocía a fondo los entresijos de su puesto. Entonces Mochizuki se le acercó y le dijo con tono brusco:

—Oiga, si no tiene nada que hacer, dígalo. ¿O acaso espera que le paguen por no hacer nada?

—Ah, lo siento.

—Si no tiene nada que hacer, dígalo.

Reflexionando sobre esa época, Kayoko añadió:

—Te tenía miedo... Había terminado todo el trabajo que me habías asignado y quise preguntarte por qué me estabas regañando, pero no me animé, pues temía irritarte aún más. En ese momento, me angustié al pensar que tendría que trabajar con semejante jefe durante el resto de mi vida. Jamás me habría imaginado que terminarías proponiéndome matrimonio.

Mochizuki se incomodó ante la risa de Kayoko. Jamás quiso intimidarla. Todo lo contrario. Admiraba lo diligente que era en su trabajo.

—Oiga.

«Lo siento, no conozco su nombre».

—Si no tiene trabajo, dígalo.

«¿Ya ha terminado con su trabajo?».

—¿Acaso quiere que le paguen por no hacer nada?

«Si está libre, ¿podría ayudarme con otra tarea?».

A decir verdad, las palabras que Mochizuki le había lanzado a Kayoko distaban mucho de reflejar lo que en verdad había querido expresarle.

Sin embargo, más allá de las intenciones de Mochizuki, estar del otro lado no era nada sencillo. Con anterioridad, personas nuevas en la empresa también habían sufrido a causa de su comportamiento; algunas lo evitaban, mientras que otras terminaban marchándose. Quienes comenzaban a trabajar con él no solían ser capaces de descifrar el verdadero sentido de sus palabras. Ante sus ojos inexpertos, Mochizuki parecía un jefe irracional, aunque, en realidad, su compromiso era incomparable y tenía un corazón muy amable. Por esa razón, quienes de verdad lo conocían lo tenían en gran estima.

El problema radicaba en que no escogía bien sus palabras, en absoluto. Desentrañar sus verdaderas intenciones se convertía en una tarea titánica si tan solo interactuabas con él un instante.

Sin embargo, Kayoko no salió corriendo. Aunque la intimidaba, ella le hizo frente, pues Mochizuki también respetaba mucho su trabajo. Un respeto que, con el tiempo, se convirtió en afecto.

También desde la perspectiva de ella, Mochizuki pasó de ser una persona nada habilidosa para expresarse a ser un hombre muy amable y digno de confianza.

—Si mi yo de entonces te oyera ahora mismo, se opondría rotundamente —le dijo antes de aceptar la propuesta.

Tres años más tarde, nació Yoko.

—Yoko.

A Yoko se le aceleró el pulso cuando oyó su nombre. Era su padre, como había previsto, el que ocupaba la silla que te hacía viajar en el tiempo. En la noche del funeral, Kayoko le había dicho que ese día él «se dispuso a marcharse».

«Así pues, papá volvió a la cafetería aquella vez».

Mochizuki, el hombre con el que había evitado encontrarse después de haber huido de casa, estaba justo frente a sus ojos.

—¿Mami? —La voz de su hijo la sobresaltó y la trajo de regreso al presente. Se percató de que la mirada de Mochizuki también estaba fija en Mitsuru.

«¿Es tu hijo?».

Su padre tenía los ojos abiertos como platos. Su sorpresa era comprensible, acababa de encontrarse frente a frente con su nieto de seis años.

—Te presento a Mitsuru.

—Vaya...

Se dio cuenta de que, aunque no lo verbalizó, los labios de Mochizuki articularon, por un instante, el nombre de Mitsuru. Con los ojos puestos en su nieto, su mirada se suavizó.

—Es un buen nombre, ¿no te parece? —dijo Yoko con voz temblorosa.

—Sí.

«Cuánto me alegra que conociera a mi hijo».

Cuando se enteró de la muerte de Mochizuki, Yoko se arrepintió profundamente de dos cosas: de haberse fugado y de nunca haberle presentado a su hijo.

Había seguido en contacto con Kayoko, incluso se habían visto algunas veces. Mitsuru la llamaba «abuela» y tenían un bonito vínculo.

«Mamá jamás lo mencionó, pero sé que anhelaba que hiciera las paces con papá».

Yoko era consciente de que su propia terquedad lo había impedido, en parte porque nunca imaginó que su padre moriría tan pronto.

Los ojos redondos de Mitsuru iban de un lado a otro mientras escudriñaba el rostro de su abuelo.

—Di hola —le instó Yoko.

—Hola —dijo el niño en voz baja haciendo caso a su madre y observando el rostro adusto de Mochizuki, el cual pareció endurecerse aún más, puede que debido a la conmoción. Yoko recordaba todas las veces en que aquella misma expresión le había causado desconcierto o incluso rechazo.

«Pero mi padre ya no forma parte de mi vida».

Al darse cuenta de que nunca volvería a verlo, se le llenaron los ojos de lágrimas. A pesar de sus conflictos y discusiones, para ella un padre jamás dejaba de serlo.

—Papá —dijo con todo el valor que fue capaz de reunir.

«Si no le cuento ahora lo que me ha sucedido, me arrepentiré. Él estaba en lo cierto al oponerse a mi decisión. Debería haberle hecho caso. Ahora no tengo ningún sitio al que ir. Debo disculparme por haberme marchado, le diré que lo siento y, a menos que él me perdone, no puedo volver a casa».

—Papá, hay algo que...

Pero, en cuanto se dispuso a hablar, se le quebró la voz. A pesar de tener a su difunto padre frente a ella, no conseguía mirarlo a los ojos.

—¿Eres feliz?

—¿Cómo?

Yoko siguió el sonido de la voz amortiguada de su padre. Había apartado la mirada, la mantenía fija en la taza de color blanco inmaculado. Por un instante, dudó de si había sido él quien había hablado.

«¿He oído bien?».

—Hum..., sí —respondió vacilante, aún sin estar del todo segura de si aquellas palabras las había pronunciado su padre.

«¿Por qué le miento? No soy para nada feliz ahora mismo. ¡Estoy divorciada, me estafaron y no tengo dinero ni un lugar donde vivir!».

Sin embargo, guardó silencio.

—Entiendo... —respondió él en un tono carente de emoción, como si soltara un suspiro. Tal vez no le causaba ninguna alegría saber que su hija, a cuyo matrimonio se había opuesto, era feliz.

Pero la realidad era otra.

Yoko se encontraba hundida en una profunda tristeza, no era para nada feliz, justo lo que a su padre le había preocupado que sucediera.

«¿Cuántos minutos han transcurrido desde que llegó? ¿Dos, tres? No puedo confiar en mi propia percepción. Asumiré que han pasado cinco minutos. Cuando viajé al pasado y toqué la taza, me di cuenta de lo templada que estaba, puede que se enfríe en menos de diez minutos».

Yoko levantó la mirada hacia su padre.

—Papá, escucha...

—Me equivoqué, Yoko. —Por un momento, Yoko vaciló. ¿Había oído bien? Pero sí, era la inconfundible voz de su padre—. Hace tanto que lo lamento...

—Ay, papá...

—Lo siento —dijo Mochizuki e inclinó la cabeza en una reverencia profunda.

—No, papá. —Tal vez la voz de Yoko fue demasiado suave, pues su padre permaneció con la cabeza inclinada—. Por favor, levanta la cabeza. —«Papá jamás se equivocó. Fui yo la que lo hizo todo mal. Si alguien debería disculparse, esa soy yo»—. Escucha, en realidad...

Mochizuki levantó la cabeza, sus ojos iban de un lado a otro, nerviosos. Contempló la taza de café, pestañeó varias veces y, aunque trataba de mirar a su hija de reojo, no lograba fijar la vista en ella.

—Necesito decirte algo, papá —se animó a declarar Yoko, su mente hecha un embrollo: «Jamás imaginé que mi padre estuviese arrepentido. Y mi madre tampoco dijo nada al respecto. Pensé que había muerto sin haberme perdonado».

—Yo...

Y, de nuevo, se le atascaron las palabras en la garganta. Sintió que todo a su alrededor se congelaba y, mientras tanto, el café seguía enfriándose.

—Abuelo —susurró de pronto Mitsuru, aferrándose a la rodilla de Mochizuki. Este, a quien su nieto había tomado desprevenido, tenía los ojos abiertos como platos, como si dijese: «¿Abuelo? ¿Me reconoce?».

—Mamá le mostró una fotografía tuya en el móvil y le dijo que eras su abuelo.

«A decir verdad, nunca me gustó la idea de que mamá le dijera al niño que el hombre de la fotografía era su abuelo, pero tampoco me atreví a impedírselo».

Sin embargo, ahora lo veía desde otra óptica. Jamás habría imaginado que sería testigo de un momento así.

—Ya que por fin estamos todos juntos, ¿qué te parece si el abuelo te da un abrazo? —dijo Yoko y colocó a Mitsuru en el regazo de Mochizuki. El niño aceptó sin protestar; era un pequeño muy extrovertido y miró confiado hacia arriba, a la espera de que Mochizuki le abrazara—. Aquí está, tu primer nieto.

«Es la última vez que mi padre podrá abrazarlo».

Yoko luchó contra las lágrimas que amenazaban con brotar.

Durante un instante, Mochizuki se quedó paralizado. A continuación, envolvió la mano de Mitsuru con la suya y susurró:

—Mi primer nieto. —Y su rostro se relajó.

Aquella imagen hizo que más lágrimas se agolparan en los ojos de Yoko, pero no podía derramarlas. Mientras miraba al techo para serenarse, Mochizuki rompió el silencio.

—De haber impedido que te casaras, este pequeñín no habría nacido. Me equivoqué, lo siento.

Y, mientras inclinaba la cabeza, pensó por dentro: «Menos mal».

Porque una de las reglas de esta singular cafetería establecía que la realidad no puede cambiar cuando viajas al futuro, sin importar lo mucho que te esfuerces; una vez que te enteras de algo, esto queda escrito en piedra. Es decir, ahora que Mochizuki sabía que tenía un nieto, aquel hecho no cambiaría.

«Qué maravilla. Me siento tan agradecido. Ahora, cuando regrese al presente, podré vivir sabiendo que mi hija es feliz y que me ha dado un nieto».

Mochizuki dio las gracias en silencio a las reglas de aquella cafetería sobrenatural.

—Papá...

Al ver la reverencia de su padre, Yoko se apresuró a desviar la mirada. Las lágrimas le surcaban el rostro y no podía evitar temblar a causa del llanto.

«¿Por qué no volví a casa cuando mi padre seguía vivo? ¿Por qué no comprendí algo tan importante hasta que fue demasiado tarde? He sido una hija tan egoísta y llena de defectos, una hija horrible».

Sus emociones eran una maraña de culpa y remordimiento. Por detrás de ella se oyó la voz titubeante de su hijo.

—¿Abuelo? Abuelo, ¿qué sucede?

No hizo falta que mirase para saber que su padre también estaba llorando.

«Ni siquiera debería ser posible encontrarme con mi padre difunto. Si pierdo esta oportunidad, nunca volveré a verlo. Así pues, ¿no hay algo más importante que debería decirle ahora mismo, en lugar de disculparme o hablarle de todo lo que me ha sucedido?».

Yoko desvió la mirada a la taza de café de color blanco inmaculado situada frente a Mochizuki. De pronto, el tictac del reloj de pared parecía resonar con demasiada fuerza. Ella se había puesto de pie antes de que el café se enfriara por completo, pero ya habían transcurrido siete u ocho minutos desde que había llegado su padre. Cuanto más tiempo transcurriera, más se enfriaría. No había forma de evitarlo. Se estaban quedando sin tiempo y se aproximaba el momento de la despedida.

«Ya sé lo que quiero decirle». Yoko se limpió las lágrimas y se sorbió la nariz. Luego miró a Mochizuki, que también intentaba secarse las suyas.

—Quiero decirte algo importante, papá.

—¿Sí? —respondió él, manteniendo la mirada baja, como si estuviera hablando con su nieto.

—Jamás pude decírtelo porque me marché de casa, ¿recuerdas?

—¿El qué?

—¿Recuerdas aquella frase tan tradicional que les dicen las hijas a los padres en la víspera de su boda…?

Antes de que pudiera terminar la frase, el cuerpo de Mochizuki comenzó a temblar, como si se estuviese ahogando.

—No seas boba, ¿por qué decirlo ahora? —Habló en un tono tan alto que su nieto se sobresaltó.

Aun así, Yoko no se inmutó.

—Deja que te lo diga.

—No, no lo hagas.

—Por favor, déjame. Es mi única oportunidad —le imploró. «Nunca más podré hablar contigo».

Una vez más, los ojos de Yoko se anegaron de lágrimas. Mochizuki la miró fijo por un instante y volvió a desviar la mirada. Sin mediar palabra, bajó a Mitsuru de su regazo y este le echó un vistazo rápido y curioso antes de volver corriendo al lado de su madre. Mochizuki frunció el ceño, como si estuviese concentrado en algo, y prestó atención a su hija.

«Vale, te escucho».

Yoko tomó aquel gesto silencioso de su padre como una señal y asintió.

—Papá, sé que no he sido fácil y de verdad lo siento, pero estoy en mi camino a la felicidad. Ya puedes dejar de preocuparte por mí.

Se acercó a Mochizuki y fijando sus húmedos ojos en los suyos, le dijo:

—Gracias por haberme cuidado todo este tiempo. Ha sido un honor ser tu hija. —E inclinó la cabeza en señal de respeto.

—Niña boba —se limitó a susurrar él ante las palabras de su hija.

Yoko no era capaz de evocar con claridad lo que sucedió a continuación.

«Recuerdo que la camarera le gritó a mi padre y que se bebió el café de un trago y regresó al pasado. Después me recuerdo de rodillas, llorando un rato, y a Mitsuru acariciándome la cabeza».

Yoko regresó a casa y, una vez más, presentó sus respetos ante la foto conmemorativa de su padre.

—Seré feliz —prometió.

Ese mismo día, pero cuatro años atrás, ya en casa después de regresar de la cafetería, Mochizuki cogió el álbum familiar que contenía fotografías de Yoko.

Cuando Kayoko le preguntó por lo que había sucedido, él no le dijo nada. Sin embargo, ella supuso que había logrado encontrarse con su hija.

No, no lo supuso, estaba segura de que se habían encontrado. Lo sabía por la alegre sonrisa que se dibujaba en su rostro mientras contemplaba las fotos de Yoko, algo que hacía mucho tiempo que no sucedía.

—Cariño —lo llamó Kayoko desde la cocina comedor; él estaba inmerso en las fotografías—. Hoy cenaremos *omurice*.

—¿*Omurice*? —dijo él y se detuvo, mientras hojeaba el álbum, en una en particular—. Muy bien, enseguida voy.

En la fotografía, Yoko también sonreía.

4

El regalo de San Valentín

«Desearía tener superpoderes».

¿Quién no lo ha deseado alguna vez?

Existen distintos tipos de superpoderes: telepatía, clarividencia, percepción extrasensorial, telequinesis, levitación, pensamientografía y sanación psíquica, entre otros. A finales de los ochenta, los programas de televisión japoneses estaban obsesionados con este tipo de poderes. Todas las noches, tanto niños como adultos encendían la televisión y se encontraban con alguna persona que exhibía habilidades extraordinarias, como doblar cucharas o mover objetos sin siquiera tocarlos.

Los más populares eran los clarividentes, personas que tenían el poder de ver a través de cualquier objeto (patrones escondidos en las cartas o el contenido guardado dentro de sobres o cajas) o de incluso desentrañar los secretos o el pasado de una persona con tan solo mirarla. Sin embargo, surgieron programas que exponían los trucos detrás de estos supuestos poderes. Se acusó a los clarividentes de tener colaboradores y el hecho de que una cuchara se doblase terminó siendo simplemente consecuencia de la fatiga del material u otro principio físico. Se dieron muchos enfrentamientos entre quienes exhibían sus habilidades y los que intentaban truncarlas.

Todas las personas experimentan, al menos una vez en la vida, la incapacidad de decir «te quiero». Pero ¿y si en verdad tuvieras el poder de leer la mente? Ya no tendrías miedo al rechazo. El mayor impedimento al confesar lo que sientes radica en no saber si tu amor será correspondido, en no saber lo que siente la otra persona, pues saberlo implicaría cierta clase de superpoder. Además, los sentimientos son volátiles, cambian constantemente. Si confiesas tu amor en un momento no del todo adecuado, puede que pierdas tu oportunidad.

Esta es la historia de una chica que perdió su oportunidad, que no pudo dejar de lado la timidez para expresar lo que sentía.

No fui capaz de hacerlo…

Tsumugi Ito soltó un fuerte suspiro mientras miraba a través de la ventana de la clase, que estaba en el segundo piso, a Hayato Nanase, que iba de camino a casa. En la mano, Tsumugi aferraba una caja decorada con un bonito lazo.

—¿Te acobardaste? Entiendo…, perdiste tu oportunidad, era una entre un millón…

Ayame Matsubara se cernió sobre ella a sus espaldas de un modo inquietante. Sabía perfectamente lo que tenía delante. Ayame era una chica de ojos grandes con pestañas largas y rizadas, y, a diferencia de Tsumugi, cuya piel era de un tono bronceado perpetuo, ella tenía un cutis de porcelana traslúcido, a pesar de que ambas nadaban en el mismo equipo.

—Ayame, no hace falta que me lo restriegues en la cara —dijo Tsumugi, con una mueca de pesar en el rostro.

Era 14 de febrero, día de San Valentín. En Japón, es el único día del año en el que las mujeres expresan a los hombres lo que sienten regalándoles bombones. Los agasajados responden a esta muestra de afecto un mes después, en el día Blanco.

La tradición del día de los Enamorados se remonta al siglo III en Roma. En aquella época, el emperador había prohibido a sus soldados que se casaran, ya que creía que desertarían para quedarse con sus amadas. Un sacerdote compasivo llamado Valentín sintió lástima por ellos y los casó en secreto. Cuando el emperador se enteró, entró en cólera, y le advirtió a Valentín que dejara de hacerlo. Sin embargo, el sacerdote, un gran defensor del amor, no claudicó, y esto le costó la vida. Con el tiempo, las personas comenzaron a honrar la valentía de aquel hombre y el día de su ejecución comenzó a llamarse «día de San Valentín».

Además, según el antiguo calendario lunar, el 14 de febrero marcaba el inicio de la primavera, la estación en la que las aves comienzan a cortejarse. Por lo tanto, nació la idea de que este era el día indicado para que las personas confesaran su amor, y con el tiempo se denominó «día de los Enamorados». La gente empezó a pedir matrimonio o intercambiar regalos en esta fecha.

—Oh, bella dama, no lloréis, o vuestro rostro os estropearéis.

—Desta tristeza pretendéis librarme con vuestras palabras endulzadas, mas de nada os servirán.

—¿Acaso decís que el consuelo que os ofrezco es en vano? He aquí un pañuelo para que os limpiéis vuestras dulces lágrimas.

Ayame le dio un pañuelo de un tono azul pálido a Tsumugi.

—Os lo agradezco.

Así era como hablaban. Su discurso estaba plagado de expresiones propias de telenovelas japonesas de época.

—De pena me colma vuestro actuar. Afable cariño sentís por él, mas no fuisteis capaz de entregarle vuestro regalo.

—Os lo suplico, libradme de vuestras palabras, o más lágrimas derramará mi mirada.

«Ojalá fuera tan bonita como Ayame», pensó Tsumugi y suspiró en su interior.

Todo el mundo se enamora al menos una vez en la vida y conoce ese sentimiento que llaman amor. El primer amor adolescente, en especial, suele ser tan puro y a la vez tan fugaz. Si miras hacia atrás, puede que no recuerdes del todo por qué te enamoraste de esa persona en realidad.

Entonces ¿por qué nos enamoramos?

Existe la teoría de que viene programado en nuestro ADN para garantizar la continuidad de la especie. Pero el amor es mucho más intrincado y no puede explicarse solo en base a esta teoría. Desde el punto de vista de garantizar la descendencia, puede considerarse del todo innecesario, por ejemplo, el tormento que aqueja a Tsumugi por no ser capaz de confesarle lo que siente al chico que le gusta.

Incluso si alguien sostuviese que «es para evitar una explosión demográfica», esto también simplificaría demasiado este complejo sentimiento y lo privaría de toda magia.

No está mal expresar lo que sientes con sinceridad. Son pocas las veces en que alguien se ofende por que otra persona exprese su amor; todo lo contrario, suele tomarse como un cumplido. Entonces ¿por qué es tan complicado dar ese paso? No debería ser difícil decir «me gustas», pero es como si hubiera una gran muralla que nos rodea el corazón. No se trata de una barrera física, sino de una emocional. Cuando interactuamos, nos reprimimos porque no sabemos qué sucede al otro lado de esa muralla.

Como seres humanos, estamos configurados para temer lo desconocido, por lo que muchos terminan huyendo. Pero ¿qué pasa realmente tras esa muralla? Están los sentimientos, las emociones ocultas e invisibles hacia alguien más, que pueden ser correspondidos o no. Si las personas pudiesen echar un vistazo detrás de esa fortaleza y comprender los sentimientos del otro, tal vez se animarían a derribarla. El cimiento de esta muralla es el temor al rechazo, y, cuando nos rompen el corazón, esta crece aún más.

Tsumugi llevaba un doloroso recuerdo en su interior. En los primeros años de instituto le había confesado su amor a un chico (que no era Hayato), y este le respondió: «Lo siento, Tsumugi, pero es que me gusta Ayame».

Eran compañeros de clase y, de entre todos los chicos, era su mejor amigo. Incluso les habían dicho en tono de burla: «¡Deberíais salir!», y Tsumugi le había estado dando vueltas a esa idea. Pero él solo la consideraba su amiga.

Le contó lo sucedido a Ayame, pero no le especificó por qué la había rechazado.

—¿Qué clase de tonto rechaza a Tsumugi? —respondió Ayame, con un suspiro de frustración.

Y el fantasma de aquel doloroso recuerdo fue la razón por la que Tsumugi no se animó a darle los bombones a Hayato Nanase en su último día de San Valentín en el instituto.

«Si Hayato me dice lo mismo, puede que jamás lo supere».

Al final, los bombones que preparó nunca llegaron a destino y terminaron siendo un regalo para su padre.

—¿Te gustan los castillos?

Tsumugi aún recordaba las primeras palabras que le había dicho Ayame. Era una nueva alumna, había cambiado de escuela después de las vacaciones de verano, en el primer año de instituto. Aquel día, durante el recreo, Tsumugi estaba absorta en una guía sobre castillos que al fin había conseguido. La voz de Ayame sonando de repente a sus espaldas la cogió desprevenida.

—Ah, no, tampoco me gustan tanto —mintió impulsivamente.

Ayame era imponente. Había oído que diez chicos la habían invitado a salir en su mismísimo primer día de clases. Y cuando se le acercó una persona tan deslumbrante que parecía sacada de un manga, Tsumugi se quedó sin palabras.

Para entender bien lo que sintió, imaginemos esta situación: eres una persona corriente, de un entorno corriente, y sales a dar un paseo por el barrio. Como no planeabas ir muy lejos, no te cambias de ropa y llevas tu pantalón de chándal de color gris, una sudadera a juego con capucha, y sandalias. De pronto, un Porsche reluciente aparca a tu lado y de él sale una estrella de Hollywood. Parece irreal. Y entonces comenta de repente: «Qué sandalias más bonitas».

Habría resultado más realista si la celebridad te hubiese dicho: «Qué ropa tan sosa», pero no, admira tus sandalias. ¿Cómo respondes a eso? «Ah, sí, son supercómodas. ¿Te las quieres probar?». Algo así sería impensable. Tampoco podrías decirle: «Seguro que te quedan chulísimas», pues sería demasiado osado.

Así pues, Tsumugi se sintió deslumbrada ante la radiante belleza de Ayame, que parecía un ser de otro mundo. Sin embargo, esa misma persona le susurró al oído:

—A mí me encanta el castillo de Takeda.

—¿Eh? —fue todo lo que pudo responder.

—El castillo de Takeda. Lo conoces, ¿verdad?

Tsumugi sintió que se le paraba el corazón al oír aquello.

—«¡El castillo en el cielo!».

No se refería al castillo de la película animada *Laputa: El castillo en el cielo*, producida por Studio Ghibli. El de Takeda, construido en la cima de una montaña, a unos trescientos cincuenta metros de altura en la prefectura de Hyogo, también es conocido como el «castillo del tigre acostado», porque la montaña en sí se asemeja a un tigre recostado. En la actualidad, durante las despejadas mañanas otoñales, una densa niebla suele envolver toda la zona y rodea las ruinas del castillo, lo que le da la apariencia de que flota entre las nubes. Debido a este aspecto etéreo es por lo que se lo conoce como «El castillo en el cielo».

Por lo tanto, aunque a la mayoría de la gente se le vendría a la mente *Laputa* cuando se menciona «El castillo en el cielo», para Tsumugi, la friki de los castillos, aquel nombre le remitía al de Takeda.

—Cuando lo construyeron, estaba fortificado con un muro de tierra que lo rodeaba, pero más adelante esta pared pasó a ser de piedra. Si no me equivoco, aquello sucedió en la época de Akamatsu Hirohide. Creo que hizo un gran trabajo, ¿no te parece?

Tsumugi estaba fascinada ante el conocimiento de Ayame.

—Hum... A mí me gusta mucho el castillo de Kumamoto.

—El *daimyo* Kato Kiyomasa lo construyó, ¿verdad? ¿Eres fan de Kiyomasa?

—No, me gusta la forma del castillo. Las paredes de piedra son mi parte favorita. Se me eriza la piel con solo mirar la estructura curvada de la piedra y pensar que Kiyomasa contrató especialmente a los canteros de la provincia de Omi para el trabajo. Imposible competir contra eso.

—¿Es el que tiene púas de defensa alrededor? Vaya, eres la primera chica que conozco a la que se le eriza la piel al hablar de paredes de piedra...

—También me gustan los gabletes del castillo de Kumamoto.

—¡A mí también me fascinan los gabletes! Mis favoritos son los del castillo de Himeji.

—¡Sí, es verdad! Los gabletes del castillo de Himeji son chulísimos, pero sigo prefiriendo los del castillo de Kumamoto.

Tsumugi estaba eufórica. Nunca había conocido a nadie que compartiera su pasión por la historia y los castillos. Fue como encontrarse a una estrella de Hollywood que llevaba unas sandalias iguales a las suyas.

En ese mismo instante nació un vínculo especial entre ellas y se convirtieron en mejores amigas.

Por puro azar, durante todo el instituto coincidieron siempre en las mismas clases. Para Ayame, era el destino; para Tsumugi, mera suerte.

En los últimos años de instituto, comenzaron a hablar en el lenguaje antiguo de los samuráis. Un día, Tsumugi se olvidó de llevar su comida y no sabía qué comer. Al enterarse, Ayame suspiró y le dijo: «Compartiremos, entonces», y eso hicieron.

—Vuestra gentileza en deuda me deja —le dijo Tsumugi con una reverencia en señal de agradecimiento.

Y aquella fue la llama que encendió su afición por hablar en lenguaje antiguo. Reían a carcajadas en los rincones de clase. Tsumugi no recordaba qué les causaba tanta gracia, pero guardaba con cariño el bonito recuerdo de reír así con una amiga. Dos aficionadas de la historia y de los castillos que compartían su mundo singular a través del lenguaje de los samuráis.

Transcurrió el día de San Valentín y, en un abrir y cerrar de ojos, llegó el día de la graduación. Ambas habían decidido que estudiarían en la misma universidad y visitaron la cafetería Funikuri Funikura en Jimbocho después de la ceremonia. Solo había una clienta más, una mujer de vestido blanco sentada en el rincón más alejado.

—Perdonad mi tardanza. He ante vosotras dos matcha latte tostados con caramelo salado —dijo la camarera de ojos grandes y redondos.

Se llamaba Kei Tokita y disfrutaba hablando en lenguaje antiguo con Tsumugi y Ayame, que iban con frecuencia a la cafetería. Le había gustado tanto este modo tan poco convencional de hablar que incluso había comenzado a utilizarlo con otros clientes, muy a pesar de Nagare.

—Os lo agradezco —respondió Ayame.

—Os deseo que paséis un preciado momento en vuestra mutua compañía —concluyó Kei inclinando la cabeza al tiempo que les sonreía. Y se retiró a la cocina.

—Os dije ya, mi fiel amiga, que, si voy a estas ceremonias, no lo hago de buen grado —anunció Tsumugi suspirando, mientras colocaba la pajita en su matcha latte—. No puedo comprender por qué tantas lágrimas son derramadas, como si nunca más hubieran de encontrarse. ¿Acaso no es posible verse de nuevo si el corazón así lo ansía?

—Legítimo es vuestro hablar. Si vuestro deseo de ver a Hayato persistiere, vuestro encuentro se producirá, ¿no os parece? —respondió Ayame.

Tsumugi se llevó una mano al corazón e hizo una mueca. Ayame se había percatado de que, desde aquel día de San Valentín, Tsumugi soltaba un suspiro cada vez que veía a Hayato.

—No habléis de Hayato, pues la herida aún sigue abierta —le advirtió Tsumugi.

—Mis disculpas —le contestó Ayame con una amplia sonrisa.

—Un asunto mayor nos atañe...

—¿Hum?

—Decidme, ¿por qué habéis rechazado vuestra oportunidad de asistir a la Universidad de Tokio? —quiso saber Tsumugi.

Ayame permaneció en silencio un momento, con la mirada puesta en su bebida. Siempre había estado entre las mejores alumnas de la clase. Tsumugi, por su parte, no era mala estudiante, sus notas eran buenas, pero no lo suficiente como para entrar en la Universidad de Tokio.

—La razón es obvia.

—Os ruego me la expliquéis.

—A la misma universidad hemos de ir —le dijo Ayame con sinceridad.

—¿Perdonad?

Tsumugi no logró captar si era una broma o no, pues, si hablaba en serio, no entendía que fuera una razón suficiente para rechazar la Universidad de Tokio.

—¿Acaso habéis perdido el juicio? —le preguntó Tsumugi, y cuando, para su consternación, Ayame se echó a reír de pronto, añadió—: Os ruego reveléis la causa de esta hilaridad.

—Clara es la realidad, pero ocultose de vuestro mirar. Los muros de esa universidad nunca formaron parte de mis sueños. Caviló mi mente el asunto y descubrí que vuestra universidad augura para mí un horizonte que la enseñanza trasciende.

Toda la familia de Ayame estaba inmersa en el mundo académico. Su padre era profesor de la universidad, su madre directora de un instituto y sus dos hermanos profesores de instituto. Tsumugi sabía que Ayame anhelaba trabajar cuidando a personas mayores con demencia y la universidad a la que pretendía ir Tsumugi ofrecía un programa sólido en esa área.

—¡Me has asustado!

—Vaya, lo siento, Tsumugi, perdona.

—Por cierto… —dijo de pronto Tsumugi en tono bajo, inclinándose hacia Ayame—, ¿habéis oído el rumor sobre esta cafetería? Dícese que uno de los asientos lleva al pasado a las personas.

—Je, je, es absolutamente cierto —se apresuró a contestar Ayame. Su respuesta fue tan rápida que parecía haber estado esperando la pregunta.

—¿Y sabéis cuál es el asiento que goza de tal notoriedad?

—Para encontrarlo detrás de mí has de mirar.

Tsumugi miró por encima del hombro de Ayame y vio la silla ocupada por la mujer del vestido blanco.

—¿Decís verdad? La silla que indicáis está ocupada.

—En efecto.

—¿Cómo se habría de actuar?

—Dícese que tal cliente va una vez al día al escusado.

—¿Al escusado?

—Habéis oído bien. Y he ahí el momento de tomar la silla.

—¿Y una vez tomada la silla?

—Sírvese un café y podréis visitar el instante en el tiempo que deseéis.

—Entiendo…

—Tsumugi, si a los anales del tiempo viajarais, ¿cuál sería vuestro destino?

—¿Mi destino? Sin duda escogería entre 1469 y 1487.

—Estáis bromeando.

—Os aseguro que he expresado mi deseo. Ver cómo se construyen los muros de piedra del castillo de Kumamoto. Ha sido siempre mi sueño.

—Grande es vuestro sueño. Y retroceder en el tiempo es la única forma de cumplirlo. Aferraos a él.

—Ayame, en esta ventura, ¿cuál sería vuestro destino? —preguntó Tsumugi.

—Aún no lo he pensado.

—¿Por qué no?

—Son tantas las opciones entre las que escoger que me veo incapaz de elegir una sola.

—Os comprendo. Aguardad, pues, antes de aventuraros al mar del tiempo, al menos hasta que la mente decida.

—Aguardaré paciente una fugaz inspiración.

Sin embargo, aunque en aquella cafetería podías viajar al momento que desearas, las reglas te impedían levantarte de la silla o abandonar la cafetería. Además, había un límite de tiempo: solo se puede permanecer en el pasado hasta que se enfríe el café; es decir, unos pocos minutos. Por lo tanto, el sueño de Tsumugi de presenciar la construcción del castillo no era viable.

Después de aquel día, jamás volvieron a visitar la cafetería juntas.

Llegaron las vacaciones de primavera y Tsumugi oyó un inquietante rumor.

—Al parecer, Hayato Nanase le confesó su amor a Ayame, pero ella lo rechazó.

Fuera o no verdad, esto afectó muchísimo a Tsumugi y el hecho de que Ayame no le hubiese dicho nada lo empeoraba todo.

«¿Por qué no me lo ha contado?».

Ayame no tenía motivo para ocultárselo. Era imposible que supiera lo que había sucedido con ese otro chico durante los primeros años de instituto. Solo Tsumugi conocía el dolor que le producía experimentar aquello por segunda vez. Así pues, ¿por qué Ayame había decidido no contarle esta confesión de Hayato?

«¿Será porque sabe que me gusta Hayato y no quiere lastimarme?».

Es la ironía de la vida. Desde que Tsumugi se enteró del rumor, un indescriptible sentimiento de irritabilidad comenzó a remorderle el corazón. En dos ocasiones la persona que ella quería había confesado querer a Ayame. No era más que una coincidencia. Su mente racional lo comprendía, pero su corazón no lo aceptaba.

«¿Por qué siempre escogen a Ayame?».

De haberse tratado de cualquier otra chica, puede que simplemente lo hubiese aceptado. Si Hayato hubiera confesado su amor por una desconocida, tal vez incluso hubiese llorado con Ayame y luego lo hubiese olvidado.

Pero la realidad era diferente, porque se trataba de Ayame.

«Todos los chicos que me gustan terminan enamorándose de Ayame».

«Ayame es mejor que yo».

«¿Qué tengo de malo?».

«¿Acaso es porque ella es bonita y yo no?».

Todas estas inquietudes seguían atormentándola.

«Ayame no ha hecho nada malo. No es que haya querido robarme a nadie a propósito. Simplemente, da la casualidad de que estos chicos la eligieron a ella y no a mí. Aun así, no puedo evitar tener todos estos sentimientos negativos hacia ella. Parte de mí desearía que Ayame no estuviera más en mi vida. ¿Y si hay una tercera vez?».

Tsumugi luchaba una batalla interna: por un lado, le habría gustado que Ayame le hubiera hablado sobre la confesión de Hayato y, por otro, le preocupaba pensar que, de haberlo hecho, su relación no sería la misma.

«Seguramente Ayame no sabía cómo ni cuándo contármelo. Aunque da igual cómo me lo dijera, yo me seguiría sintiendo inferior».

Y así fue como Tsumugi llegó a una conclusión.

«No quiero que me lo cuente, no quiero saberlo».

Tsumugi se había enterado de ese rumor durante las vacaciones de primavera y desde entonces había comenzado a evitar a Ayame. A diferencia de en el instituto, sus aulas estaban en departamentos diferentes de la universidad, por lo que resultó sencillo seguir esquivándola cuando comenzaron las clases. Y así fueron pasando las semanas sin verse.

Hasta que un día Tsumugi caminaba por el campus con un nuevo amigo de la universidad cuando se encontró por casualidad con Ayame.

—¡Ah, Tsumugi! Cuánto tiempo sin veros. ¿Cómo os encontráis? —la saludó con el habitual lenguaje de la época de los samuráis.

—Hum, bien.

—De la ventura en el tiempo mi mente ha descubierto su deseo.

—¿Qué deseo?

—He escogido el tiempo al que habré de regresar. ¿Recordáis aquella cafetería?

—Ah, sí. Lo recuerdo.

—¿Hay algo que os aqueje el alma?

—Hum, no, es solo que voy tarde a clase.

—Os pido sinceras disculpas. Largo tiempo he esperado encontraros y la alegría se ha apoderado de mi mente.

—Hum, ajá. Vale...

—Ciertamente.

Mientras su amigo las observaba, Tsumugi intentó escabullirse de la conversación con respuestas ambiguas e indiferentes. Se sintió un poco culpable de comportarse así viendo que Ayame actuaba igual que siempre, pero aquel rumor no confirmado de que Hayato le había confesado su amor a Ayame aún perduraba en su mente.

«A partir de ahora me alejaré de ella. Tengo que resolver lo que siento antes de que podamos volver a ser amigas», se dijo Tsumugi.

Pero todo fue a peor.

—¿Es amiga tuya, Tsumugi? ¡Es muy guapa! ¿Me la presentas? —le susurró su amigo después de presenciar la conversación entre ambas.

—¿Qué?

Algo dentro de ella se rompió. «Otra vez no». Y es que en la raíz de su irritación se hallaban los celos. «Si Ayame sigue en mi vida, jamás seré feliz».

Así fue como, desde aquel día, Tsumugi hizo todo lo posible por evitar a Ayame. Para cuando terminaron la universidad, habían perdido el contacto hacía tiempo.

—Esto sucedió hace seis años —dijo Tsumugi para concluir la historia que había relatado a Kazu, la camarera de la cafetería, que estaba atareada detrás de la barra.

Esperaba un comentario comprensivo, como: «Tranquila, muchas amistades se deterioran por pequeños malentendidos, es algo que suele ocurrir». Sin embargo, no fue lo que sucedió. Kazu era reservada por naturaleza y su respuesta fue breve.

—Entiendo... —le contestó, sin rastro de emoción.

Kazu era la encargada de servir el café que permitía a las personas viajar en el tiempo. Era de tez clara, con ojos almendrados y aspecto pulcro y corriente. En resumen: era difícil de describir.

En lugar de Kazu, una mujer que llevaba un kimono y que estaba sentada en un taburete de la barra masculló:

—¿Te das cuenta de lo superficial que suenas? —Se llamaba Yaeko Hirai, pero todos la llamaban Hirai.

Solía estar a cargo de un pequeño bar de la zona y visitar con frecuencia la cafetería. Pero desde hacía tres años administraba una posada tradicional en el barrio de Aoba, en la ciudad de Sendai, dentro de la prefectura de Miyagi, que llevaba funcionando más de ciento ochenta años. Todos los años ese mismo día visitaba la cafetería. Había viajado en el tiempo para encontrarse con su hermana, que había muerto en un accidente de coche. El día que viajó al pasado fue un 2 de agosto de hacía exactamente tres años.

—¿Disculpa? —A Tsumugi la cogió por sorpresa que Hirai la llamara «superficial», pues era una completa desconocida que daba la casualidad de que se encontraba en la cafetería en aquel momento. No había compartido su historia con ella, tampoco le había pedido su opinión y mucho menos que la criticara de esa manera. Distaba de ser la respuesta empática que había esperado.

«Esto no te incumbe en absoluto».

Tsumugi se tragó las palabras que se le agolpaban en la garganta; no tenía el valor suficiente para decirle lo que realmente pensaba a una desconocida. Pero Hirai prosiguió:

—Lo mires como lo mires, es evidente que tu amiga Ayame quería ir a tu misma universidad; debió de rechazar la Universidad de Tokio para estar contigo. ¿Es que no lo viste? Me da pena que haya tenido una amiga como tú.

—Hum, perdona, pero…

Tsumugi, apabullada ante el extravagante aspecto de Hirai, buscó con la mirada a Kazu, que estaba detrás de la barra, en señal de ayuda, pero ella ni siquiera la miró. Sin ser capaz de expresar lo que sentía, se quedó observando a su alrededor, desconcertada.

Hirai dio un giro brusco en el taburete y quedó de cara a Tsumugi.

—El chico que te gustaba le confesó su amor a tu amiga. Y esa nimia razón fue suficiente para contrariarte. Eres la clase de mujer que más me desagrada —le soltó sin rodeos, mientras seguía lanzándole la verdad a la cara, como una bomba.

—Hirai, me parece que ya es suficiente —la interrumpió Kazu, sin poder seguir ignorando la situación.

Pero Hirai aún no había terminado.

—Escucha, el amor es un campo de batalla. Mírate. Eres demasiado tímida como para entregar una simple caja de bombones por San Valentín y te dejas apresar por los celos. Una chica como tú jamás será feliz. Si lo amas, díselo. Si no te corresponde, ¡continúa con el siguiente! Hay hombres de sobra, simplemente tienes que ampliar tus horizontes. Nunca encontrarás a un buen chico si solo te limitas a esperar. Se trata de quién habla primero. A los hombres les cuesta desentrañar nuestros sentimientos. Sé directa y recuerda que es estadística pura. Cuanto más lo intentes, más oportunidades tendrás. Cuanto más dudes, más perderás. ¿Entendido?

—Va-vale —respondió Tsumugi, herida ante las palabras de Hirai, extremadamente francas y al mismo tiempo gratamente tajantes. Aun así, fue como echar sal a una herida abierta. Se mordió el labio y dirigió la mirada al suelo.

—Has sido un poco dura, ¿no crees, Hirai? —dijo Kazu, incapaz de ver a Tsumugi así, a pesar de que no solía intervenir de ese modo.

—Bueno, pero es que me da pena esa chica, Ayame. No soporto a la gente que destruye una relación a causa de unos celos insignificantes. ¿Te gusta ser tan egocéntrica?

—Lo siento —contestó de pronto Tsumugi, con el corazón dolorido ante comentarios tan mordaces. Aun así, por extraño que pudiera parecer, las palabras de Hirai tenían un matiz liberador.

«Tal vez, en el fondo, siempre quise que alguien me regañara».

Al reflexionar sobre esto, sintió que lo dicho por Hirai removía sentimientos oscuros anidados en lo más profundo de su alma.

Y a Hirai ya no había quien la detuviera.

—Piensa en ese tal Hayato. Si hubieras intentado salir con él, puede que hubiera terminado siendo un guaperas narcisista, ¿o me equivoco? No lo sabrás si no lo intentas primero. Algunos chicos que por fuera parecen fuertes, resultan ser unos bebés por dentro, y aquellos que parecen tomarse muy en serio una relación suelen ser los más infieles. Hayato le dijo a Ayame que estaba enamorado de ella, y ella lo rechazó, ¿no?

¿Acaso no era esa tu oportunidad? Ah, no, pero eso ya es agua pasada, ¿a que sí? Vale, puede que en el pasado hubiese sido una oportunidad, pero no tiene sentido darle vueltas ahora. Con un poco de amabilidad, es fácil conquistar a un chico rechazado. ¿A quién le importa a quién prefiere? Lo que importa es lo que tú sientes por él, lo mucho que te gusta, ¿o acaso me equivoco?

—No, no te equivocas.

Tsumugi sintió que Hirai había dado en el clavo. Ahora, con veintiocho años, podía comprenderlo. Si en su mano estuviese cambiar las cosas, lo haría. Ojalá alguien le hubiese dicho eso antes.

«Pero entonces era joven».

No tenía experiencia en el amor y estaba en una edad en la que se dejaba llevar por las emociones.

Como consecuencia, allí estaba, volviendo a aquella cafetería con el deseo de regresar a ese día.

Tres días antes, Tsumugi había acudido por primera vez a un reencuentro con sus compañeros de instituto.

Había esquivado las invitaciones anteriores que le habían llegado desde que se graduó, en gran parte porque le incomodaba la idea de ver a Ayame. Decidió asistir en parte porque Hayato Nanase, que había organizado esta reunión, la había contactado personalmente y, en parte, porque se había enterado de que Ayame solo había ido al primer encuentro.

A pesar de que lo llamaban «reencuentro», habían pasado muchos años desde que se habían graduado en el instituto, así que no fue mucha gente, solo unas diez personas, incluidas Tsumugi y Hayato. La mayoría estaba soltera y la reunión parecía ser más bien un pretexto para salir a emborracharse. Ya llegando a los treinta, Tsumugi se preguntaba si sus excompañeros esperaban encontrar pareja.

Inevitablemente, salió el tema de quién les había gustado en su época de instituto. Claro está que Tsumugi no podía revelarlo porque la persona objeto de su afecto estaba justo frente a ella, así que dijo un nombre al azar, el de un chico que no estaba en la reunión. «¿En serio?» y «¡No me digas!» fueron las reacciones, en un ambiente de sorpresa y diversión.

—Creí que tú y Ayame erais pareja —le dijo uno de los chicos.

—Yo también —intervino otro.

—Y yo —dijo otro más.

—¿Cómo? ¿Ayame y yo?

—Venga, estabais siempre juntas y hablabais raro en ese lenguaje antiguo, ¿recuerdas?

—No, pero eso solo... —comenzó a responder Tsumugi soltando un suspiro en su interior. Qué idea más infantil, típica de adolescentes de instituto.

—Oye, no es que me parezca mal. No lo digo en ese sentido. Siempre y cuando sean dos mujeres, claro, lo de dos tipos me incomoda un poco —dijo uno de los chicos.

—Para mí todo lo contrario. No me molesta siempre y cuando sean dos chicos, las relaciones entre mujeres me parecen un poco raras —dijo una chica.

—¿Os dais cuenta de que esa es justamente la definición de prejuicio?

Tsumugi ni siquiera tenía recuerdos de haber socializado con esa gente, ella, que era una friki de los castillos. Y, aun así, allí estaba, en un sitio donde la conversación giraba en torno a su relación con Ayame.

«Seguro que solo lo han dicho para animar la charla. Negarlo sería en vano», pensó, y volvió a suspirar por dentro.

—Eso pasó hace mucho tiempo, ahora estoy casada —dijo enseñando su dedo anular.

—¿Cómo? ¿Te has casado? ¿Y por qué no me invitaste a la boda?

—Mi marido y yo decidimos no celebrar ninguna ceremonia.

—¿Por qué?

—No se me dan bien.

A Tsumugi nunca le gustaron las ceremonias, ni siquiera la de su graduación de instituto. Cuando se casó, simplemente rellenaron los papeles, aunque incluso aquello le resultó una formalidad innecesaria.

—Venga ya, si todas las chicas sueñan con una bonita boda.

—Ah, ¿sí?

—A mí sí que me gustaría.

—¿Has conocido al indicado?

—Pues aún lo estoy buscando.

La charla continuó, pero Tsumugi sintió que, de un modo extraño, se abstraía de la conversación.

«Ya a nadie le importa mi pasado con Ayame. Aunque una vez fuimos compañeros, no he hablado con ellos desde hace años. ¿Cuántos lloraron el día de la graduación y dijeron que no querían separarse? Lo más probable es que ni siquiera lo recuerden. Que lo hayan borrado de su mente. Incluso desaparecieron los sentimientos que una vez tuve hacia Hayato. Ahora ni siquiera sé por qué me dolió que quisiera a Ayame. ¿De verdad estaba tan colgada por él? Ahora que lo pienso, mi pasado con Ayame parece superlejano. Si ella estuviese aquí, seguro que nos reiríamos de eso y diríamos: "No puedo creer que hayamos hecho esto o aquello". Ella debe de haber seguido adelante. No soy más que una vieja amiga con la que no ha hablado desde hace años. Todo ha quedado en el pasado. Debo de ser la única que sigue pensando en eso. Tengo que olvidarlo, tampoco es que pueda cambiar nada...».

Tsumugi se bebió de un trago el vaso de cerveza y decidió que, por esa noche, dejaría de pensar en ello y disfrutaría de la velada.

—Por cierto, tuvimos la misma conversación con Ayame cuando vino al primer reencuentro —dijo uno.

—¿La misma conversación? ¿A qué te refieres?

—Sobre vuestra relación.

—Ah, ¿sí?

—Ya, déjalo —intervino Hayato.

—¿Qué tiene de malo? Tú también estabas allí, ¿recuerdas? Al igual que hoy, todos hicimos algún comentario, coincidimos en que habíamos creído lo mismo y, de pronto, Ayame se echó a llorar...

«¿Cómo?».

—Vale, ¡cambiemos de tema! —gritó Hayato, dando una palmada al aire para pasar a otra cosa—. ¡Hora de ir al *after*!

—¿Al *after*? ¡Guay! ¿A dónde vamos?

El chico que sacó el asunto de Ayame parecía estar bastante borracho. A Tsumugi no le sonaba su nombre y le costaba recordarlo; sin embargo, sus palabras la habían sacudido. Él, por su parte, ahora estaba enfocado en el *after*.

—Oye... —Tsumugi quería preguntarle a Hayato por qué Ayame había llorado aquella vez.

—Luego te cuento.

Después de llegar al lugar del *after* y esperar a que el ambiente se reavivara, Tsumugi llamó a Hayato y salieron del bar para retomar la conversación. Eran las nueve de la noche pasadas. Antes de adentrarse en el asunto de Ayame, Hayato le contó que solía quedar con aquel grupo de chicos del instituto.

—Dime una cosa... —comenzó.

—¿Qué?

—¿Cuánto sabes en realidad sobre Ayame?

—¿En qué sentido? —le preguntó Tsumugi, claramente confundida, mientras observaba a Hayato mirar a su alrededor una y otra vez, como si quisiese comprobar que Ayame no estaba escuchando a hurtadillas.

—¿Sabes? Le dije a Ayame que me había enamorado de ella, fue en nuestro último año de instituto.

—Ah, ¿sí? —respondió, y, a decir verdad, su propia reacción la sorprendió. La calma que sentía parecía irreal frente al desasosiego que la había invadido al oír el rumor. No es que lo menospreciara, pero incluso escucharlo de boca de Hayato no le afectaba en lo más mínimo.

En realidad, su corazón estaba centrado en Ayame.

—¿Y qué sucedió?

—Lo cierto es que siempre me gustó Ayame, desde los primeros años de instituto.

—Vaya, no lo sabía —le dijo Tsumugi fingiendo sorpresa, aunque no resultó muy convincente.

«No me importa eso ahora, aunque, de haberme enterado en aquel entonces, puede que me hubiese afectado».

—Me maté estudiando para poder ir a la misma universidad que ella, lo logré por los pelos, y, de pronto, rechazó su plaza en la Universidad de Tokio. ¿Tú lo sabías?

—Sí...

La invadieron los recuerdos de aquella época. Ayame tenía todo lo que Tsumugi anhelaba: era guapa, inteligente y se le daba todo bien con facilidad. Además, los chicos de los que se enamoraba Tsumugi terminaban prendados de ella. La envidia que llevaba reprimida dentro volvió a filtrarse en su corazón.

—No lo podía creer. ¿Quién en su sano juicio rechazaría una plaza en la Universidad de Tokio? Había pensado decirle que me gustaba una vez que entráramos en la universidad y nos hiciéramos más amigos —continuó Hayato encogiendo los hombros resignado, dando a entender que ya había superado aquella desilusión y que incluso podía reírse de ello—. Así que entré en pánico, le dije lo que sentía y me rechazó... —Entonces le sonó el móvil y echó un vistazo a la pantalla—. Perdona, ¿te importa si lo cojo?

—No, adelante.

—Hola, ¿qué tal? Pero si te dije que había quedado con unos amigos esta noche. —Por el tono, parecía ser su novia.

A Tsumugi aquello la exasperaba, no entendía qué tenía que ver el hecho de que Ayame rechazara a Hayato con que ella llorara en aquel reencuentro.

Pero de una cosa sí se dio cuenta.

«¿Por qué sentí una extraña satisfacción al enterarme de que Ayame lloró ese día?».

Había oído el refrán japonés «la desgracia ajena sabe dulce como la miel», y así era justo como se sentía. Era como si la desdicha de Ayame fuera para ella causa de felicidad, y esa sensación la molestaba.

«¿Por qué lloró?».

«Necesito que vaya al grano, ¿por qué lloró Ayame?».

Se dio cuenta de que la impaciencia que sentía era un indicio de que los celos y la envidia, esos sentimientos oscuros que había reprimido en el fondo del corazón, anhelaban la desdicha de Ayame.

«No lo soporto más».

Había evitado hacer frente a esas emociones. Cuando de joven se comparaba con Ayame, sentía que la vida era demasiado injusta. Era esa parte fea de sí misma que no quería reconocer. Y apartarse de Ayame fue la única solución que encontró.

Sin embargo, no había solucionado nada.

«Todo este tiempo he estado reprimiendo mis verdaderas emociones».

El fuego ya no estaba, pero las ascuas de la envidia aún ardían lentamente.

Y, justo en ese momento, recordó algo.

«El asunto es que yo realmente quise ser amiga de Ayame. Cuando los celos no me cegaban, anhelaba reír con ella y ser mejores amigas para siempre. Poder compartir todo con ella, incluso lo que me dolía y molestaba. Creí que podríamos seguir siendo amigas, al menos durante el instituto».

Pero no duró, pues llevaba años sin hablar con Ayame y ni siquiera sabía dónde estaba.

Soltó un fuerte suspiro.

«Me siento tan triste. Puede que saber por qué lloró me otorgue una mínima satisfacción, pero, por otra parte, perdería parte de mi humanidad. Yo, que me regocijo en la desgracia ajena a causa de la envidia, no podré evitar sentirme culpable cuando, en un futuro, desee que mis hijos tengan un buen corazón».

De pronto estaba exhausta y ya no había rastro de la irritación que había sentido hacia Hayato.

Dirigió la mirada al cielo.

—Bueno, ya fue suficiente para mí, me voy a casa —dijo en voz alta sin darse cuenta.

Sacó la cartera del bolso para pagar su parte del *after*, al que apenas había asistido, y Hayato regresó tras finalizar su llamada.

—Lo siento, ¿dónde nos habíamos quedado?

—No te preocupes, olvídalo, me voy a casa...

—Ah, sí, te estaba contando que Ayame me rechazó, ¿verdad? —continuó, haciendo caso omiso de las palabras de Tsumugi.

«No ha cambiado en lo más mínimo. Nunca se le dio bien escuchar a los demás», pensó Tsumugi con un leve suspiro.

—Cuando le dije que la quería, me contestó que estaba enamorada de otra persona.

—¿Cómo? —Tsumugi no daba crédito a sus oídos.

«Desde que la conocí, jamás me contó que le gustara alguien».

Tsumugi se había sentido atraída por otros chicos, tanto de los primeros como de los últimos años del instituto, que conocía de las actividades extraescolares, pero incluso en esos momentos Ayame se había limitado a escucharla con una sonrisa.

«¿Ayame estaba enamorada de alguien?».

A pesar de que había transcurrido casi una década, Tsumugi no pudo ocultar su asombro.

—¿De quién? —preguntó sin siquiera darse cuenta. Tenía un billete en la mano que había sacado del bolso y lo dejó suspendido en el aire mientras esperaba la respuesta de Hayato.

—Mira, cógelo con pinzas, porque no es más que una intuición mía, pero… —farfulló Hayato rascándose la coronilla y evitando la mirada de Tsumugi.

—Venga, dilo.

—¿Puede ser que Ayame estuviese enamorada de ti?

—¿Perdona?

Hacía unas horas, Hayato había frenado una conversación sobre Ayame y Tsumugi. Ahora volvía sobre lo mismo y Tsumugi sintió que la cabeza le daba vueltas.

—No es gracioso.

—No estoy de broma. Piénsalo un momento. Ella era megapopular, pero rechazó a todos los chicos que se le cruzaron por el camino. ¿De qué otro modo te lo explicas?

—¿Eh?

Al percatarse de la seriedad en el semblante de Hayato, Tsumugi se dio cuenta de que esta conversación tenía un matiz diferente a la anterior, cuando todos hablaron desenfadadamente de su relación con Ayame.

—¿Ayame estaba enamorada de mí?

En lo que a ella respecta, nunca salieron, así que no era algo que tuviera que negar, y sería lo mismo para Ayame.

Sin embargo, si Ayame, una chica, sentía algo por Tsumugi, otra chica, el asunto era diferente. Además, si ella no quería que nadie se enterase, debió de ser duro que los demás especularan sobre su relación con Tsumugi.

—No puede ser cierto.

—Pero en aquel reencuentro lloró y me pidió que no te dijera nada. ¿Puede ser que no quisiese que te enteraras?

Hayato no fue directo, pero Tsumugi captó el sentido.

Ayame quería a Tsumugi, estaba enamorada de ella.

Sintió que el mundo se tambaleaba a su alrededor.

—No puede ser...

Para Tsumugi, Ayame siempre había sido su amiga. Como amaban la historia por igual, creyó que eran dos almas gemelas frikis; alguien a quien considerar su mejor amiga si los celos no lo hubiesen entorpecido. Pero nada más.

Tsumugi se sumergió en el silencio y Hayato soltó un breve suspiro.

—Bueno, jamás sabremos la verdad —murmuró, como hablando consigo mismo.

—¿Por qué lo dices?

—¿Qué?

—¿Te refieres a que no sabes dónde vive?

Hayato parecía estar muy incómodo ante la pregunta de Tsumugi.

—¿No lo sabes?

«Tengo un mal presentimiento, no sé si quiero oírlo...».

—¿El qué?

Sin embargo, no tenía escapatoria y se le aceleró el corazón.

—No sé mucho, pero creo que fue un cáncer.

—¿Cáncer?

—Me parece que sucedió el año siguiente al reencuentro, así que puede que hayan pasado siete u ocho años.

«Lo recuerdo».

—Dime que estás mintiendo, por favor.

—Lo siento, no tenía ni idea de que no lo sabías. De hecho, yo no me enteré de inmediato, no conozco a nadie que haya ido al funeral. Simplemente supuse que tú sí fuiste.

—No puedo creerlo...

—¿Estás bien?

Tsumugi se cubrió el rostro con las manos y soltó un gemido de dolor, luego dirigió la mirada al cielo.

«Fue cuando recibí el mensaje de Ayame».

> Tengo que decirte algo importante. Te estaré esperando en la misteriosa cafetería que visitamos juntas.

Jamás supo lo que Ayame quiso decirle ese día, pero Tsumugi había malinterpretado aquel mensaje.

«¿Conque ahora quiere contarme lo de Hayato? —había pensado—. Pues demasiado tarde». Y, con eso en la mente, la ignoró.

Qué equivocada había estado.

Aquella noche, Tsumugi salió prácticamente corriendo de la fiesta.

—Jamás habría imaginado lo de Ayame, pero eso no quita que me haya comportado de un modo horrible al ignorar su mensaje y herir sus sentimientos. Si me estaba esperando, quiero viajar al pasado a verla. Quiero ir a ese día, por favor, al día en que ella me estuvo esperando en esta cafetería —pidió Tsumugi con una profunda reverencia.

—Hum... Entiendo... —dijo Hirai. Había escuchado el relato desde su asiento en la barra. Se puso de pie y se acercó a Tsumugi—. Entonces más vale que te des prisa.

—¿Eh?

—A ver, es una razón importante, deberías haberlo mencionado antes. ¿Qué te ha retenido? ¿Acaso ella no te puso en el mensaje que te estaría esperando aquí?

—S-sí.

—Entonces ve. Y cuanto antes mejor.

Hasta ese momento, Hirai se había dedicado a regañar a Tsumugi, pero ahora parecía dispuesta a ayudarla, tomando el mando de la situación.

Tsumugi también estaba ansiosa por viajar en el tiempo y reencontrarse con Ayame, pero había una pega.

—Para poder viajar al pasado, tengo que esperar a que el fantasma vaya al baño, ¿verdad? —dijo dirigiendo la mirada hacia la mujer del vestido blanco sentada en el rincón más alejado de la cafetería.

—Vaya, veo que estás informada.

—Me lo contaron una vez que vine, cuando aún estaba en el instituto. —Miró la fotografía enmarcada de Kei Tokita junto a la caja registradora. Le vino el recuerdo de Kei hablando en el lenguaje antiguo de los samuráis.

—Vale, vale —contestó Hirai, imperturbable. Ella también conocía las reglas—. Kazu..., ¿podrías hacer... eso? —le indicó, imitando con la mano el movimiento de servir un café.

Tsumugi no tenía idea de lo que pretendía Hirai, pero Kazu desapareció en la cocina sin emitir sonido.

—¿Qué está sucediendo?

—¿Sabes? Hay una manera de obligarla a levantarse.

—¿Cómo?

Hirai, que emanaba una fragancia de Jimmy Choo, miró fijamente a la mujer del vestido blanco y le dedicó una sonrisa astuta.

—No te preocupes, estarás en el pasado en un santiamén.

Unos minutos más tarde, Kazu salió de la cocina con una jarra llena de café. Se detuvo al lado de la mujer del vestido blanco y le preguntó:

—¿Te apetece otra taza de café?

Confundida, Tsumugi miró inquisitivamente a Hirai, que por su parte meneó la cabeza, como diciendo: «Observa».

—Sí, por favor.

La mujer del vestido blanco cerró el libro con cuidado y se bebió toda la taza de café que tenía delante de un solo trago. Kazu volvió a llenarla. Tsumugi no comprendía lo que estaba sucediendo.

—¿Te apetece otra taza de café?

—¿Qué? —soltó Tsumugi sin poder contenerse.

La mujer del vestido blanco ni siquiera había probado el café que acababan de servirle.

—Pero... —intentó intervenir Tsumugi de forma instintiva, y Hirai la detuvo.

—Chis, no te preocupes.

—Es que... —comenzó a decir, en tono suspicaz, y entonces la mujer volvió a hablar.

—Sí, por favor.

—¿Eh?

Y, al igual que antes, la mujer se bebió toda la taza de un trago.

«Qué extraño...».

Antes de que Tsumugi tuviera tiempo de sorprenderse, Kazu volvió a llenar la taza y le preguntó una vez más:

—¿Te apetece otra taza de café?

Ante la mirada atónita de Tsumugi, la tercera ronda terminó igual que la anterior.

—¿Qué está pasando?

—No puede decirle que no a Kazu cuando ella le ofrece café.

—¿Por qué?

—Así es la regla.

—¿La regla?

—Sí. Conoces las reglas de la cafetería, ¿no? Como por ejemplo que nada de lo que hagas en el pasado cambiará el presente o que las únicas personas con las que puedes encontrarte en el pasado son aquellas que hayan visitado la cafetería. Ya sabes, las reglas.

—¿Es una broma?

Hirai contemplaba a las otras dos mujeres, atrapadas en un círculo infinito de servir y beber café.

—Ya verás. —Y en cuanto dijo esto, la mujer del vestido blanco se bebió de un trago la quinta taza de café y se puso de pie de forma abrupta.

—Bañ... —murmuró.

—¿Qué dijo? —preguntó Tsumugi con el ceño fruncido, pues no había logrado captar el susurro de la mujer. Sin embargo, su destino se hizo evidente al instante. Echó a correr hacia el baño, moviéndose en zigzag entre Tsumugi e Hirai.

—Ya lo tienes, está libre —le dijo Hirai. Cogió la mano paralizada de Tsumugi y tiró de ella hacia la silla que la llevaría de regreso al pasado—. Entonces ¿seguro que conoces las reglas?

—Hum, sí, sí.

—Vale.

—Pero ¿qué le digo?

—Bueno, ella te está esperando, ¿no?

—¿Cómo?

—Lleva esperándote todo este tiempo —apuntó Hirai, con sus ojos grandes y muy abiertos fijos en los de Tsumugi. En la profundidad de su mirada, había algo más que intensidad: había una carga, o tal vez una enorme tristeza—. Así que ve con ella.

—¿Por qué de pronto...? —Tsumugi quería saber por qué Hirai, una completa desconocida, de repente era su cómplice.

—Mi hermana también me esperó. Me esperó para siempre.

—Vaya.

—Y luego murió en un accidente de coche.

—Qué historia tan trágica. —Ahora entendía la tristeza que había captado en la profundidad de su mirada.

—Aún me arrepiento. ¿Por qué no fui más cariñosa con ella? ¿Por qué no le presté más atención? Fui un desastre de hermana. —Las lágrimas anegaron los ojos de Hirai y le flaqueó la voz; esa historia era real. Tal vez se había visto reflejada en Tsumugi—. Ni siquiera pude salvarla cuando fui a verla al pasado. Sabía que disculparme no evitaría que muriera, pero aun así fui. Quería ver su rostro una vez más. A pesar de todo lo que le había hecho, aún la quería.

Tsumugi se mordió el labio a medida que asimilaba las palabras de Hirai.

—A pesar de tus celos, te importaba de verdad, ¿no es así?

—Sí.

—Estoy segura de que te arrepientes de lo que hiciste.

—Sí.

—Pues entonces ve con ella. La realidad no cambiará, sin importar lo que digas. Ve y suéltale todo lo que tienes dentro. —Con lágrimas en los ojos, Hirai esbozó una pícara sonrisa.

—Vale, eso haré.

Tsumugi se enderezó y se acomodó en la silla que la llevaría de regreso al pasado. Inhaló profundamente.

Hirai volvió a sentarse junto a la barra justo cuando Kazu aparecía de la cocina con una bandeja en la que reposaba una jarrita de plata y una taza de un blanco inmaculado.

—¿Preparada? —Kazu se puso de pie al lado de Tsumugi y colocó la taza blanca frente a ella, mientras clavaba sus finos ojos almendrados en los de la chica—. Ahora te serviré el café.

En ese momento Tsumugi se percató de que el aire que la rodeaba estaba helado. También sintió una fuerza especial que emanaba de Kazu, cuya presencia no había resultado imponente hasta entonces, y el ambiente de la cafetería de pronto se tornó tenso y grave.

Kazu prosiguió con su explicación:

—Solo podrás permanecer en el pasado desde que sirva el café hasta que este se enfríe por completo. ¿Está claro?

—Sí —respondió Tsumugi sin entender del todo, aunque, según sus cálculos, el café se enfriaría en no más de diez o quince minutos. No era mucho tiempo, pero así era la regla, y no tenía sentido discutir.

«No espero que me perdone».

A pesar de que este pensamiento la inquietaba, de una cosa estaba segura.

«Si no voy, me arrepentiré toda mi vida».

Tsumugi le devolvió la mirada a Kazu y anunció:

—Hagámoslo.

Kazu le dedicó un breve asentimiento, dando a entender que comprendía su decisión. Se irguió y posó la mano sobre la jarrita de plata.

—En ese caso: antes de que se enfríe el café —susurró.

Con un hilo silencioso, la taza se fue llenando de café. La superficie negra como el ébano, que crecía poco a poco, reflejaba con suma claridad el ventilador de techo.

«Qué belleza».

Tsumugi no podía dejar de mirar la taza.

Entonces, esta se llenó y una voluta de vapor comenzó a elevarse. En ese momento una extraña sensación la envolvió, muy difícil de explicar, no era ni somnolencia ni mareo.

«¿Cómo voy a quedarme dormida justo ahora?».

Cuando quiso frotarse los ojos descubrió algo impactante.

—¿Eh?

Lo que creía que era su mano se había fusionado con el vapor que emanaba de la taza. De pronto, todo el entorno comenzó a difuminarse.

«¿Estoy… flotando?».

—¡Esperad! ¡Esperad! —gritó, demasiado sorprendida como para comprender del todo lo que estaba sucediendo.

Ni siquiera sabía a quién le estaba gritando, se sentía presa del pánico. Inmediatamente después, diferentes escenas empezaron a caer en cascada a su alrededor a gran velocidad. Ante un giro tan inesperado, gritó como si estuviera montada en una montaña rusa.

—¡Ayuda!

A medida que comenzaba a perder la conciencia, en su mente se desplegaba una rápida secuencia fotográfica de recuerdos de sus días con Ayame.

—¿Habéis sido presa por la dulce trampa del amor?

—Os aseguro que no —negó Tsumugi.

—El objeto de vuestro afecto es Hayato. ¿Osáis negarlo?

—Os… dije que no, ¿cómo es que vos…?

—Basta una mirada a vuestro rostro.

—Pues os lo niego.

—Sabed que sé descifrar vuestro corazón.

—Estoy perdida.

—Siendo ello así, ¿por qué no le obsequiáis con dulces en el próximo San Valentín?

—¿Dulces sugerís?

—En efecto. El día de la graduación se aproxima y San Valentín es vuestra última oportunidad. Es menester aprovecharla.

—Cuánta verdad en vuestras palabras —dijo Tsumugi considerando la idea.

—Tras la graduación es probable que no os volváis a ver, ¿qué habéis de temer?

—En efecto.

—Preparaos y ¡adelante!

Al recordar esa escena, resultaba tan irónico que Ayame hubiese dicho aquello con una sonrisa… Yo era completamente ajena a lo que sentía por mí.

«Quisiera ser tan bonita como ella».

Le tenía envidia.

Era así, sin más. Primero me llegaba un rumor.

—¿Te enteraste? Asakura, de la clase tres, se animó a confesarle que la quería.

No podía negar que aquello me sacudía por dentro.

«¿Será Hayato uno de esos chicos?».

Y así, la ansiedad salía siempre a flote.

—Pero parece que rechazó a Asakura.

—¿De nuevo? —Al parecer, a Ayame no le interesa salir con nadie.

«¿Por qué será? ¿Acaso tiene el listón muy alto?».

Hayato observa a Ayame.

«¿Él también?».

¿Por qué todos los chicos que me gustan siempre miran a Ayame?

Yo no soy Ayame.

«No soy tan bonita como ella».

La envidia se tiñe de celos.

«La odio, a pesar de que es mi amiga».

Siento cómo mi corazón se oscurece a cada paso.

—Al parecer, Hayato Nanase le confesó su amor a Ayame, pero lo rechazó.

¿Cómo iba a seguir sintiendo algo por Hayato sabiendo que ella lo había rechazado, sabiendo que era a Ayame a quien quería?

—Me gusta Ayame —me había dicho aquel otro chico. Palabras que me persiguieron siempre. Que jamás dejaron de perseguirme. Se repite el mismo patrón. Mientras Ayame esté a mi lado, tendré que enfrentarme a mis sentimientos más oscuros.

«Ojalá ella no estuviese aquí».

Ayame no había hecho nada malo.

Pero aun así…

Cuando entramos en la universidad, Ayame siguió hablando el lenguaje antiguo de los samuráis, así que le terminé diciendo:

—Oye, ya no estamos en el instituto, así que deja de hablar así, ¿vale?

Fui yo quien puso distancia.

Y yo lo sabía... Sabía que era a causa de mis celos.

Y entonces ignoré el último mensaje que me envió.

Ahora quiero verla y hablar con ella, cara a cara.

Ayame me está esperando.

En aquella misteriosa cafetería, me espera desde siempre...

Tsumugi abrió los ojos poco a poco, como despertando de un sueño.

Su mirada se encontró con la cafetería que ya le era familiar. Del techo, colgaban lámparas con pantalla, había tres grandes relojes de péndulo antiguos fijados a la pared, y un ventilador de madera de techo giraba despacio sobre su cabeza.

Sin embargo, Kazu, que le había servido el café, había desaparecido y en su lugar, detrás de la barra, estaba Kei Tokita, que la miraba fijamente con sus enormes ojos redondos. Llevaba un cárdigan de un tono beis claro y un delantal con peto color rojo tinto.

—Ah.

—¡Hola, bienvenida!

El tono de Kazu era monótono e impávido, pero Kei, que siempre tenía las emociones claramente dibujadas en el rostro, recibió a la viajera con una sonrisa amplia y auténtica. Los ojos le centelleaban, como diciendo: «¡Te estaba esperando!».

—Ah, hum...

Kei señaló con el dedo índice hacia arriba.

—Está fuera hablando por teléfono. Es que aquí no llega la señal.

Tsumugi lo recordaba, ella misma lo había notado las veces que había visitado aquella cafetería ubicada en un sótano.

—Ah, vale. —Estaba desconcertada ante la respuesta de Kei, era como si hubiese previsto que llegaría del futuro.

—¿Quieres que la llame?

—No, no hace falta.

Pero se arrepintió en cuanto lo dijo. Si estuviese viviendo en el pasado, no tendría problema en hacer tiempo hasta que regresara Ayame, pero no era ese el caso. Tenía un límite de tiempo. Debía beberse todo el café antes de que se enfriase. Tocó la taza y estaba lo suficientemente cálida, pero no caliente. Si quisiese, podría beberla toda de un trago. Estaba mucho más templada de lo que se habría imaginado.

«¿Qué hago? Tal vez sea mejor que le pida que busque a Ayame…».

—Decidme, ¿acaso la discordia se ha interpuesto entre vos y Ayame? —preguntó Kei mientras Tsumugi tocaba la taza con la palma de la mano y deliberaba por dentro.

—¿Cómo?

Tsumugi levantó la cabeza de golpe. Se vio sorprendida por la peculiar intuición de Kei sobre el estado de su relación con Ayame. Sin embargo, oírla hablar en lenguaje antiguo fue como una puñalada en el corazón. Sintió el dolor de los recuerdos penetrar en lo más profundo de su ser, las imágenes de ambas hablando a gusto en aquella cafetería. Recordaba haberle dicho: «Oye, ya no estamos en el instituto, así que deja de hablar así, ¿vale?». Y luego la había apartado de un empujón y desde entonces jamás había vuelto a hablar en el lenguaje de los samuráis.

«¿Y si Ayame no vuelve?».

Preocupada, Tsumugi decidió retractarse.

—Hum, ¿podrías...?

—Prestamente os la traeré —contestó Kei en cuanto sus miradas se cruzaron, y echó a correr hacia la entrada.

—Hum, ¿podrías...?

¡Tolón, tolón!

Todo sucedió muy rápido.

—Lo siento, seguro que se siente apremiada —dijo Nagare Tokita, el dueño de la cafetería, al salir de la cocina con su uniforme de cocinero. Era un hombre gigantesco, de casi dos metros de alto. Estrechó sus finos ojos y en su semblante se dibujó una expresión de disculpa, como si lamentara el entrometimiento de Kei—. Mi mujer tiene en mente el límite de tiempo y quiere que ella pueda verla tan pronto como sea posible.

Tsumugi percibió un matiz en las palabras de Nagare: «Quiere que ella pueda verla».

«¿No que yo pueda verla a ella?».

Era una diferencia sutil, pero si lo que Nagare decía era cierto, parecía ser que Kei sentía mucha empatía por Ayame. Al notar la reacción de Tsumugi, Nagare se apresuró a decir:

—Lleva cinco horas esperándola...

—¿Qué?

—Mi mujer, que es persistente por naturaleza, hizo todo lo posible por darle charla. Pero, a pesar de sus esfuerzos, no logró sacarle una sonrisa. —El rostro de Tsumugi se contrajo ante las palabras de Nagare, y sintió que el pecho se le tensaba. «La he tenido esperando cinco horas». Nagare prosiguió—: Y entonces vino usted del futuro. Las personas que deciden regresar al pasado a pesar de conocer las complejas reglas de este lugar y los riesgos que eso conlleva deben de tener una buena razón para hacerlo. ¿Me equivoco al suponer que no vino aquel día a la cafetería y ahora se arrepiente?

—No —susurró Tsumugi tras inhalar hondo, sin ser capaz de decir más.

Contempló los mismos relojes de péndulo. Cuando aún iba al instituto, alguien le había contado que solo el del medio marcaba la hora correcta, y en ese momento indicaba que eran las cuatro de la tarde.

«Ayame debió de quedarse hasta el cierre».

De solo imaginarlo se enfadó consigo misma por haber sido tan desconsiderada. Se arrepentía de su conducta, y todo por algo tan nimio.

—Al igual que todos los que han decidido sentarse en esa silla, estoy seguro de que debe de tener la mente bastante convulsa —murmuró, como si le hubiese leído los pensamientos.

Tsumugi pensó que probablemente Nagare había visto a una buena cantidad de almas arrepentidas pasar por la cafetería.

«No soy la única».

Aquella sutil declaración quitó cierta carga a su alma hundida.

—¿Será larga?

—¿Perdón?

—Vuestra charla, ¿será larga?

Nagare no pretendía inmiscuirse en la conversación de ambas, solo quería saber cuánto duraría. Y por una sola razón: su tiempo en el pasado terminaría cuando el café se enfriase por completo.

«¿Qué pasará?».

Hasta las causas más insignificantes pueden interponerse entre dos personas que intentan reparar su vínculo. A menudo, ninguna de las partes acepta las alegaciones de la otra, por lo que la tensión puede durar años. El corazón humano es complejo y suele estar ciego ante las soluciones más simples. Cuanto más crees en alguien, mayores se vuelven la ira y la pena que sientes ante su traición. ¿Puede el hecho de que solo uno se disculpe arreglar las cosas? ¿O esto lo complica todo aún más? Tal vez Ayame soltara toda su decepción contra ella... Era imposible saberlo.

«Pero...».

Para Tsumugi, las relaciones complejas no se restablecen en lo que tarda un café en enfriarse. Por lo tanto, su respuesta fue honesta.

—No lo sé.

—Entiendo —respondió Nagare. Tal vez había previsto aquello—. En ese caso, déjeme que coloque esto en su café.

Se situó junto a Tsumugi mientras sujetaba un objeto similar a un mondadientes. Sin embargo, mirándolo con detenimiento, solo tenía ese aspecto en la descomunal mano de Nagare, pues en realidad era una especie de mezclador de metal plateado.

—¿Para qué sirve?

—Va dentro de la taza. Sonará justo antes de que el café se enfríe por completo. Cuando suceda, asegúrese de beberlo de inmediato, aunque esté en mitad de la charla.

—¿Una alarma, dice?

—Sí.

Nagare le mostró el mezclador a Tsumugi y luego lo colocó en la taza de café. Tenía el tamaño de una cucharita.

—Sabe lo que sucederá si el café se enfría antes de que lo beba por completo, ¿no?

Tsumugi había oído hablar de eso cuando visitó la cafetería con Ayame, cuando aún estaban en el instituto.

«Dicen que te conviertes en un fantasma y que pasas a ocupar esa silla para siempre».

En aquel momento no lo había creído, era absurdo. Pero ahora que sí había viajado en el tiempo, sospechaba que tal vez fuera cierto.

«¿Un fantasma?». Un frío le recorrió la espalda.

—¿Se encuentra bien? —Tsumugi levantó la mirada y vio el rostro preocupado de Nagare.

—Sí, estoy bien —contestó.

¡Tolón, tolón!

Atraída por el sonido del cencerro, Tsumugi miró en dirección a la entrada.

Más allá del arco de ladrillo de la entrada, fuera de la vista, se encontraba la gran puerta de madera de la cafetería, sobre la cual colgaba un cencerro. Por lo tanto, aún no se veía a Ayame por ningún sitio, pero, pese a ello, los hombros de Tsumugi se tensaron y el corazón comenzó a latirle con fuerza a medida que se estrujaba las rodillas con las manos.

«Oye, ya no estamos en el instituto, así que deja de hablar así, ¿vale?».

Esa mera frase que Tsumugi le había soltado a Ayame en la universidad por el hecho de que siguiera usando el lenguaje antiguo le remordía la conciencia.

La expresión de dolor en el rostro de Ayame volvió a proyectarse en su mente.

—Venga, entra —dijo una voz desde el otro lado del arco de entrada.

«Ya casi está aquí».

Una ráfaga de adrenalina le recorrió el cuerpo.

Durante su segundo año de universidad, Tsumugi recibió el mensaje de Ayame en el que le pedía que se encontrasen en la cafetería. Por lo tanto, la Ayame que estaba a punto de cruzar el arco tenía veinte años. Tsumugi tenía veintiocho. Las separaban ocho años, es decir que Ayame no solo era más bonita, sino también más joven que ella. Una clara razón por la que Tsumugi había tenido sus dudas sobre aquel reencuentro. Cuando eran compañeras de curso en el instituto e iban al mismo equipo de natación, Ayame siempre había conservado su extraordinaria tez clara, incluso en el verano. Sus rasgos bien definidos, que podían prescindir de maquillaje, la habían ayudado a destacar entre las demás chicas.

«Seguro que está aún más guapa».

Si tuviésemos que definir qué sentía Tsumugi en ese momento podríamos decir que en su interior se libraba una batalla entre querer y no querer ver a Ayame.

La vida es muy injusta.

Tsumugi había susurrado estas palabras frente al espejo en innumerables ocasiones: en el instituto, en la universidad, en su primer trabajo, en la primera cita con un colega del trabajo e incluso cuando rompieron. Cada vez que se miraba al espejo surgían en ella distintas emociones a medida que su rostro redondo decorado con pecas y manchas del sol, junto con una pequeña nariz, le devolvía la mirada con ojos enrojecidos.

Habría dado lo que fuera por ser tan bonita como Ayame.

Pero ahora que sabía lo que sentía su amiga, nuevas preguntas se formularon en mi interior.

¿Qué encontró de bueno en mí?

Cada persona tiene sus gustos, claro está. El amor no siempre responde a la lógica. Visto en perspectiva, ni siquiera sabía por qué se había enamorado de Hayato. Pero ¿por qué Ayame se había enamorado de ella?

¿Tal vez porque ambas éramos unas frikis de los castillos?

Pero, en ese caso, ¿no pasaría lo mismo con cualquier aficionado a los castillos?

Y así se fueron abriendo paso otros pensamientos.

Si yo fuera un chico, a mí también me habría gustado Ayame, sin lugar a dudas. Siendo una friki de los castillos y encima guapa, lo raro habría sido que no me enamorara de ella. Aunque seguramente me habría rechazado, porque a ella no le gustaban los chicos, sino que le gustaba yo, una chica.

Justo entonces…

—Cuánto tiempo sin veros.

Era Ayame.

Con ese peculiar lenguaje antiguo y una entonación exagerada, sonaba igual que aquella chica del instituto. Un tono contralto, cautivador y apacible.

«Oye, ya no estamos en el instituto, así que deja de hablar así, ¿vale?».

Desde aquel día, jamás había vuelto a oírla hablar en el lenguaje de los samuráis. En cuanto la oyó, su corazón la envió de regreso a sus años de instituto. Aunque tan solo por un fugaz instante.

— ¿Eh?

Cayó de golpe en la realidad al ver a Ayame de pie en la entrada.

—¿Ayame?

—Os ruego me digáis cuál es el motivo de semejante mirada.

Ayame se dio golpecitos en la cabeza a medida que se sentaba frente a Tsumugi.

No debería mirarla fijamente.

Aun así, no podía dejar de contemplar la cabeza de Ayame, era incapaz de apartar la mirada.

Su tez, que en su momento había sido de un tono tan claro y translúcido como la porcelana, ahora era de un pálido cadavérico. Conservaba sus grandes ojos, pero, fuera de eso, nada quedaba de la que había sido su mejor amiga en el instituto. Su reluciente cabello negro, suave como la seda, se había caído por completo. Pero había más: los brazos, que quedaban expuestos fuera de las mangas del jersey, tenían un aspecto delgado y frágil. A pesar de que llevaba abrigo, era evidente que su musculosa complexión de nadadora se había desvanecido.

No puede ser.

Se le quedó la mente en blanco.

—¡Oh! ¡No me digáis que mi condición es novedad para vos! —dijo Ayame con una suave sonrisa, pero la soledad le surcaba el rostro. Dicho de otro modo, entendió, por la expresión de Tsumugi, que en los años que se sucederían su amiga no se pondría en contacto con ella.

No puedo soportar esa mirada.

A pesar de que se había enterado de su muerte, jamás habría previsto verla tan cambiada. Sintió el impulso de beber el café de un trago y desaparecer.

—Decidme, ¿cuántas lunas habéis vivido?

—¿Qué?

—¿Cuál es vuestra edad?

—Ve-veintiocho.

—¿Veintiocho decís? Mas vuestro aspecto no ha sufrido el paso del tiempo.

No era cierto. Ocho años pocas veces pasan desapercibidos. Era evidente que Tsumugi estaba mayor, pero no podía hacer un comentario sobre su apariencia después de haber visto lo cambiada que estaba Ayame.

—¡Qué ven mis ojos! —exclamó Ayame al notar el dedo anular de Tsumugi—. ¿Os habéis desposado?

—¿Cómo? —Se apresuró a esconder el dedo.

«¿Puede ser que Ayame estuviese enamorada de ti?». Al recordar las palabras de Hayato, ocultó el anillo para no herir sus sentimientos.

Metí la pata.

Desvió la mirada de su amiga, escondió la mano izquierda por debajo de la mesa y, sin siquiera darse cuenta, levantó la taza de café con la mano derecha. Ayame suspiró en silencio al contemplarla.

—¿Qué os perturba el alma? Os ruego no me digáis que vuestro marido es Hayato.

—¿Qué decís? ¡Jamás! —Y de pronto se encontró hablando en lenguaje antiguo. Fue un impulso del momento, puede que para desviar la atención del anillo que había dejado que Ayame viera por error.

Ante semejante negativa, Ayame se echó a reír. Tsumugi también rio, sin saber por qué había contestado con tanta vehemencia.

—A mi saber escapa qué encanto visteis en Hayato aquellos días.

—A la juventud he de culpar. Tampoco yo pude explicármelo al volver a verlo.

Ambas rieron de nuevo a carcajadas.

—Describidme a vuestro marido.

—Un friki es, en verdad.

—No me digáis.

—Su conocimiento de historia supera el mío.

—Cuán admirable de ser cierto.

—Si os atrevéis a oírle hablar de guerreros, sabed bien que jamás se detendrá.

—Decidme, ¿qué guerrero es del agrado de vuestro marido?

—El gigante Magara Naotaka.

—¿Habláis del descomunal guerrero que blandió la espada de más de dos metros de largo?

—El mismo.

—Ciertamente es un friki.

—Podéis estar segura.

Y ambas volvieron a reír. Tsumugi se sorprendió al notar lo fácil que le resultaba hablar en lenguaje antiguo, como si le encajase a la perfección. Así que decidió seguir la corriente.

Sin embargo, había olvidado algo importante.

Pi-pi-pi… Pi-pi-pi…

La alarma que indicaba que el café estaba a punto de enfriarse resonó en toda la cafetería.

—¡¿Qué?! —exclamó, y se le borró la sonrisa del rostro.

Pero si ni siquiera hemos tenido tiempo de hablar. Necesito un poco más de tiempo.

Lanzó una mirada suplicante a Kei y Nagare, que estaban detrás de la barra. Kei miró hacia otro lado y Nagare asintió con la cabeza en señal de disculpa.

—No es justo…

Tsumugi estaba al borde de las lágrimas.

Aun así…

¿Qué?

Ayame, sentada frente a ella, estaba sonriendo. Habían oído las reglas de la cafetería cuando estaban en el instituto, pero Ayame desconocía la función de la alarma que Nagare había colocado en la taza.

—¡Qué infortunio, Ayame!

—Lo sé, el momento ha llegado.

—Pe…, pero…

Tsumugi sintió la necesidad de disculparse, pero cuanto más se esforzaba más se le escurrían las palabras. Una pregunta le asaltó la mente: ¿de qué serviría una disculpa?

Pi-pi-pi-pi…

Sin embargo, el tiempo no espera a nadie. Desde la barra, la mirada preocupada de Kei le advertía a Tsumugi que debía apresurarse. Incluso imaginó a Kei metiéndole el café en la boca a la fuerza.

Debía beberlo ahora mismo.

Tsumugi cogió la taza, pero…

¡No puedo irme sin más!

… no era capaz de llevársela a los labios.

—Debéis beberla aprisa —le susurró Ayame con tono suave.

—¿Cómo es que vuestro ánimo está tan en paz?

—Si os convirtierais en fantasma, os aseguro que no podría volver a conciliar el sueño. Efímero es el tiempo que a mi vida le resta, así que os ruego no me dejéis con ese tormento a cuestas —le dijo con una dulce risita.

¡No, para! ¡Ahora no me queda más remedio que beber el café!

—Lo siento, Tsumugi.

Era como si Ayame pudiera leerle el corazón, lo había dicho adrede.

—¡No es justo! —Y dicho esto, cerró los ojos y se bebió el café de un trago.

—Os despido hasta siempre —anunció Ayame sacando de su bolso una caja decorada con un lazo y colocándola frente a Tsumugi.

—¿Y esto?

Tsumugi cogió la caja mientras luchaba contra la oscilante sensación que la envolvía.

—Bombones para vos.

—¿Bombones?

—Al fin y al cabo, hoy es San Valentín.

Tsumugi, al venir del futuro, no se había percatado de ese detalle. Había olvidado que aquel encuentro se produciría un 14 de febrero.

—¿Son para mí?

—Para expresaros lo que siento.

—Oh...

A juzgar por el rubor de Ayame, no se trataba de un simple regalo entre amigas.

—En efecto —dijo Ayame.

—Pero..., pero...

—Os entiendo. Sabed que mi intención no es otra que expresar mis hondos sentimientos.

—Pero habéis escogido este momento...

—Llamadme ladina, no podré negarlo, mas siempre he esperado este momento. Entiendo que ya no podemos enmendar nuestro vínculo... —Tsumugi no encontraba las palabras adecuadas para contradecir aquel comentario punzante—. Pero esperaría una eternidad en esta cafetería. Siempre creí que incluso tras mi muerte algún día vendríais a verme.

—¿Por qué..., por qué nunca dijisteis nada?

—Sabía muy bien que no podríais aceptar mis palabras.

—Pero...

—¿Acaso vos os animasteis a regalar a Hayato vuestros bombones?

—Pero eso es diferente.

—Son dos realidades y un mismo temor.

—¿Qué?

—La agonía de no ser merecedora de vuestra mirada es la misma —dijo Ayame con el rostro contraído mientras intentaba sonreír. Y añadió en un murmullo más melancólico—: Mas fallecer sin haber transmitido mis sentimientos sería un tormento aún mayor. —Su tono más bajo tal vez pretendía ahorrarle a Tsumugi, que no podía corresponderle en el sentimiento, el dolor. Aun así, estas palabras le llegaron con absoluta claridad.

—Ah...

Tsumugi sintió que estaba a la deriva a medida que su cuerpo comenzaba a convertirse en vapor.

—¡Es-espera!

Intentó tocar a Ayame, pero ni siquiera su mano había escapado al vapor. Con todo el cuerpo en estado etéreo, empezó a elevarse hacia el techo.

—¡Ayame!

—Hasta siempre.

—¡Ayame!

—No os preocupéis, no espero de vuelta ningún presente para el día Blanco.

Y estas fueron las últimas palabras de Ayame, parte en broma y parte de corazón.

A pesar de dedicarle una ancha sonrisa mientras contemplaba a Tsumugi ascender hacia el techo, las lágrimas le surcaban el rostro.

—¡Ayame! Aya... —Tsumugi desapareció por completo y un débil «me» resonó en el ambiente.

En un abrir y cerrar de ojos, la mujer del vestido blanco volvió a ocupar su silla.

—Se ha ido —dijo Ayame. Contempló el lugar en el techo por el que

Tsumugi había desaparecido, se cubrió el rostro con ambas manos y los hombros comenzaron a temblarle con violencia.

—Tsumugi...

Fue Kei quien sostuvo a Ayame, que estaba a punto de derrumbarse por completo.

—Lo hiciste muy bien.

Ayame lloró a lágrima viva en brazos de Kei.

—¿Dices que Tsumugi está esperándome al otro lado de la puerta? —le preguntó Ayame, de pie frente a la gran puerta del sótano donde se encontraba la cafetería, a Kei, que estaba a sus espaldas. Ayame llevaba una peluca para ocultar su calvicie.

—Sí... —contestó Kei. Al ver que Ayame respiraba con dificultad después de haber bajado corriendo las escaleras en su débil estado le preguntó—: ¿Te encuentras bien?

—Sí, estoy bien.

Ayame se llevó una mano al pecho para calmar su respiración.

—La quise desde el día en que la vi por primera vez —confesó con timidez, más para ella misma que para Kei. Prosiguió—: El día que me cambié de colegio, Tsumugi estaba sentada al fondo. Era todo lo que siempre había deseado, tan encantadora. —Sujetaba el pomo de la puerta con la mano, vacilante, pero decidida—. Desde ese día, solo he tenido ojos para ella. Hasta fingí que me obsesionaban los castillos para conseguir su atención. La primera vez que hablamos, sentí que el corazón me iba a estallar. Nunca fui tan feliz. Pero cuando Hayato me dijo que le gustaba, sufrí una profunda desazón. Ya con aquel otro chico le había causado el mismo dolor.

A pesar de que Tsumugi nunca le había contado a Ayame por qué aquel chico la había rechazado, ella sabía el motivo.

—De hecho, me arrepiento de no haberle dicho lo que sentía. Ojalá le hubiera confesado todo el día de San Valentín, cuando me enamoré de ella. Sé que me habría rechazado, pero por lo menos le habría evitado más sufrimiento. Ahora soy consciente de ello. Mi mera presencia le afligía. Así que quiero disculparme por haberle causado tanto dolor.

Fue a abrir la puerta, pero Kei la interrumpió.

—No, no es así —dijo en un tono inconfundible de desacuerdo.

—¿Por qué lo dices? —le preguntó Ayame volviéndose con los ojos muy abiertos, sorprendida ante las palabras inesperadas de Kei.

—Si le hubieses dicho lo que sentías en ese momento, ¿no se habría convertido en un simple enamoramiento adolescente? Justamente porque no se lo dijiste es por lo que pudiste crear verdaderos recuerdos con ella, ¿no es así?

—¿Verdaderos recuerdos?

—Exacto. Si le hubieses confesado lo que sentías, puede que le hubieses evitado más dolor en el futuro, pero vuestra relación se habría terminado y no tendríais nada que recordar.

—¿No tendríamos nada que recordar? ¿Tampoco Tsumugi?

—Tsumugi también habría preferido contar con los recuerdos que comparte contigo. Estoy segura. De otro modo, ¿cómo explicas que haya viajado al pasado para verte?

—Ya...

—La vida es un manojo que formas con lo bueno y lo malo... Al final, todo son recuerdos.

Al escuchar estas palabras, los ojos de Ayame se cubrieron de lágrimas.

—No es momento de llorar, te está esperando.

—Ah, sí —dijo Ayame, y acto seguido se secó las lágrimas y se quitó la peluca, que en ese momento estaba un poco torcida—. Gracias. Iba a hacer algo de lo que luego me habría arrepentido. Quiero que me vea como soy y darle el regalo que jamás pude entregarle...

Sacó una pequeña caja del bolso que tenía colgado. Estaba envuelta en papel carmesí y llevaba un lazo dorado. También tenía una tarjeta con un mensaje dentro.

—Quiero dárselo. —Y dicho esto, abrió la gran puerta de la cafetería y entró.

Poco a poco, como si despertara de un sueño, Tsumugi flotó de regreso a la realidad. Ayame ya no estaba sentada delante de ella. Miró alrededor de la cafetería. Kei, que las había estado contemplando con semblante preocupado desde detrás de la barra, había desaparecido, y en su lugar estaba Kazu. A diferencia de Kei, que parecía estar a punto de echarse a llorar en cualquier momento, Kazu permanecía impasible. Se limitaba a presenciar lo que sucedía a una fría distancia.

«¿Lo habré soñado?».

Tsumugi quiso creer que había sido un sueño, pero la caja decorada con un lazo que permanecía en sus manos se lo impidió. Entonces se dio cuenta de que tenía las mejillas empapadas por las lágrimas.

—Apártate.

Levantó la mirada y vio que la mujer del vestido blanco, que había regresado del baño, estaba de pie a su lado.

—Ah, sí, lo siento. —Y se levantó rápidamente. El fantasma se deslizó entre la mesa y la silla, y ocupó su lugar. Tsumugi se acomodó en un asiento cercano, colocó la caja que le había regalado Ayame sobre la mesa, cogió un clínex del bolso y se secó las lágrimas.

—¿Qué tal te fue? —le preguntó Hirai, sentada junto a la barra.

Ante la pregunta, las lágrimas que creyó haber secado comenzaron a brotarle de nuevo.

—No pude hacer nada —respondió Tsumugi, de espaldas a Hirai.

«Ni siquiera me disculpé con ella».

Se había obsesionado por algo tan banal. Ojalá se hubiera encontrado con Ayame la primera vez que recibió su mensaje, en el que le decía que la estaría esperando en aquella cafetería. De haber sido así, se habría enterado antes de que estaba enferma y, tal vez, su despedida no habría sido tan dolorosa. Su mezquindad le había arrebatado la oportunidad de pasar valiosos meses juntas. Cuanto más lo pensaba, el arrepentimiento que la invadía se intensificaba, un remordimiento que fluía en forma de lágrimas inclementes.

—Pero pudiste verla, ¿verdad? —dijo Hirai con tono gentil.

—Yo...

Tsumugi contempló la caja que le había regalado Ayame e hizo una mueca de angustia. Ayame había confesado lo que quería, había revelado sus sentimientos más profundos en el último momento. Ante semejante declaración, Tsumugi se bloqueó, sin saber qué hacer. No quiso rechazarla, pero tampoco supo qué responderle. Probablemente su vacilación había herido aún más a Ayame.

—Si nada de lo que hiciese podía cambiar la inevitable realidad, tal vez fue en vano encontrarme con ella —confesó Tsumugi. Cada palabra le pesaba sobre los hombros.

—Puede ser, pero... —reflexionó Hirai, dándole una calada a su cigarrillo desde la barra—. Tal vez tu realidad no sea muy diferente, pero ¿acaso este encuentro no le dejó una huella eterna en el corazón?

—¿A qué te refieres?

—Te dijo que te había estado esperando, ¿no es así? —En lugar de responder, Tsumugi miró fijamente la caja—. Entonces ¿quién crees que encontró la felicidad? ¿La chica que nunca volvió a verte o la que sí te vio?

—¿La chica que nunca volvió a verme o la que sí...?

Hirai exhaló el humo del cigarrillo, como diciendo: «Te dejo a ti el resto».

«¿Una huella en su corazón?».

Cuando reflexionó sobre estas palabras, se dio cuenta de que aquello marcaba toda la diferencia del mundo.

La misma Ayame había dicho: «Mas fallecer sin haber transmitido mis sentimientos sería un tormento aún mayor».

Tsumugi cogió la caja y la abrió. Dentro había unos bombones caseros hechos por Ayame. Se fijó en una tarjeta que estaba metida entre la caja y el lazo.

—Ah… —dijo boquiabierta.

La nota decía:

Tsumugi Ito: Me gustas.
¿Quieres salir conmigo?
14 de febrero de 2004. Ayame Matsubara.

Los hombros de Tsumugi temblaron por la emoción.

La fecha de la tarjeta era de mucho antes de que se volvieran mejores amigas. Antes de sus conversaciones sobre castillos y antes de que comenzaran a hablar el lenguaje de los samuráis. Ayame había intentado expresar lo que sentía desde el día en que se conocieron.

Y allí estaba, al fin…

—Ayame…

El llanto de Tsumugi resonó en la cafetería, pero nadie intentó silenciarla. Kazu prosiguió con su trabajo y la mujer del vestido blanco permaneció sumergida en su lectura.

Hirai siguió el trazo del humo del cigarrillo con la mirada.

—Kazu, ¿me pones otro café? —le pidió—. Y uno para ella también…

—Sí, por supuesto.

Para cuando Hirai y Tsumugi tocaron las tazas que Kazu les había servido, el café ya se había enfriado por completo.

«Para viajar lejos no hay mejor nave que un libro».

EMILY DICKINSON

Gracias por leer este libro.

En **penguinlibros.club** encontrarás las mejores recomendaciones de lectura.

Únete a nuestra comunidad y viaja con nosotros.

penguinlibros.club

penguinlibros